人狼ゲーム

デスゲームの運営人

竹書房文庫

CONTENTS 目次

WEREWOLF GAME OPERATORS

CHARACTER 登場人物紹介

〈運営側〉

正宗《まさむね》――現場担当。二十三歳。

琥太郎《こたろう》――現場担当。二十三歳。正宗の友人。

鬼頭《きとう》――年齢不詳。三十五歳。現場を監督する立場。

くるみ――現場担当。年齢不詳。

姫菜《ひめな》――現場担当。年齢不詳。

〈参加者／男性〉

一ノ瀬悠輝《いちのせゆうき》――人狼。高校三年。

橋爪颯真《はしづめそうま》――村人。高校三年。

滝快斗《たきかいと》――村人。高校一年。

早坂亜由武《はやさかあゆむ》――霊媒師。高校二年。

〈参加者／女性〉

夏目柚月《なつめゆづき》――用心棒。高校三年。

佐竹澪《さたけみお》――人狼。高校二年。

天野《あまの》すみれ――予言者。高校三年。

秦心春《はたこはる》――村人。高校三年。

末吉萌々香《すえよしももか》――村人。高校一年。

WEREWOLF GAME OPERATORS

序章

正宗

鬼頭がエンジンを切った。

古い合成皮革とプラスティックの匂いが鼻をついた。胸がむかつく。吐き気がする。これから始まることのせいなのか、車酔いのせいなのか。

たぶん後者だ。

不思議だった。不快なできごとに、いつの間にか心は慣れていくのに、身体はいつまでも、ぐずぐずと抵抗を続ける。

鬼頭がダッシュボードの上へ手を伸ばした。ゴム製の、アメリカ大統領のマスクをひっつかんだ。

彼は薄くなりはじめた髪を肩ぐらいまで伸ばし、首のうしろでポニーテールに結んでいる。サムライを意識しているらしい。年齢不詳だけど、たぶん四十歳ぐらい。僕よりも一回り以上、年上だ。

彼がマスクを無造作に被ると、ゴム製のうなじがこんもりと、まとめた髪の形に盛りあがった。

僕も自分のマスクを手に取った。狼のはずだけど、シベリアンハスキーに見えなくもない。以前、鬼頭から渡された代物だ。明らかな安物。運営側は、余計な物にカネはかけない主義なのだろう。ちょっと安っぽいほうが逆に不気味さが増す、という判断なのかもしれない。

マスクをすっぽりと被った。匂いも、瞼《まぶた》や頬に触れる質感も、相変わらず不快だった。

ワゴン車から降りた。靴の下でアスファルトと砂がジャッと音を立てる。

月明かりが車体と僕たちを照らしていた。静かだ。まわりを木々に囲まれているのに、虫の鳴き声ひとつ聞こえてこない。この一帯だけが通常の時間や空間から切り離されているような、外側には真っ黒な虚無だけが広がっているような気がしてくる。

肌寒さを覚え、スウェットパーカーのジッパーを首元まで上げた。

アメリカ大統領がフロントグリルの前をまわってきた。襟がコウモリの羽根みたいに広がった派手なシャツの上を、ボディバッグのベルトが斜めに横切っている。まったく似合っていないけど、実用性第一ということだろう。

ほぼ同時に、別の方向から、別の足音が近づいてきた。僕と同じ狼のマスクで顔を隠した女性。丈の長いカーディガンの前を寒そうに掻《か》きあわせている。いちおう仕事のことを意識しているのか、下は動きやすそうな七分丈のパンツで、パンプスのヒールは太く短かった。服装のセンスと身体つきから、くるみさんだと判別できる。

当たり前のことだけど、僕たちの到着はあらかじめ伝達済みだった。ここまでの道には監視カメラがいくつか設置されている。くるみさんが絶妙なタイミングで現れたのはそのためだ。

僕はワゴン車の後部ドアをスライドさせた。

車内灯の黄色い灯りがパッと点いた。

中では参加者たちが転がされ、一部重なり、深く眠っていた。魚市場で競りにかけられるマグロに見えなくもない。違いは冷凍されていないことと、手足をプラスティック製の結束バンドで拘束されていること。バンドを締めているのは万一、彼らが目覚めたときのための用心だ。

僕たちがいまマスクをしているのも同じ理由だった。不慮の事態で彼らが意識を取り戻した場合に、顔を見られないようにするため。

荷台の奥から、参加者たちを順番にまたいで、同じく狼のマスクを着けた琥太郎が近づいてきた。上はブルーのニット、下はくるぶし丈の黒いズボン。靴はスエードのローファー。パッと見は地味だけど、実はどれも高級品だと僕は知っている。手首で輝く時計だけは、だれがどう見たって高級品だけど。

彼はドアの枠に手をかけ、僕の肩越しに、くるみさんにたずねた。

「順調？」

「おなかすいた」

「食べりゃいいじゃん」

「ダイエット中」

「知らねえよ」

　無駄話はそこで終わりだった。オンとオフを切り替えるタイミングはわかっている。なぜなら、僕たちはもうベテランだから。

　僕は車内へ注意を戻し、いちばん近くに倒れている少年のほうへ腕を伸ばした。制服のブレザーをつかみ、身体の角度を変え、脇の下に手を入れる。そのまま外へ引きずりだす。もう少しで膝から先が地面へ落ちる、というところで、琥太郎が両方の足首をつかみ、自分も一緒に車外へと出てきた。

　ふたりで参加者を運んでいく。僕はうしろ向きに歩く形だけど、もう慣れているので足取りに不確かさはない。

　視線の先では鬼頭が車内に入り、くるみさんとふたりで別の参加者を運びだそうとしている。

　僕と琥太郎は主に男の子を、鬼頭とくるみさんは女の子を運ぶことが暗黙の了解になっていた。おおむね女の子のほうが軽いけど、べつに文句はない。くるみさんは女性だし、鬼頭は僕たちを雇っている側なのだ。年齢も高い。僕だって中年になれば多少は楽をしたいと思うだろう。

鬼頭の場合は、ただ女の子に触りたいだけかもしれないけど。

等間隔に並んだ蛍光灯はどれも消されたままだけど、窓から差しこむ月明かりだけで事足りた。建物内部の構造はすっかり頭に入っている。目をつむっていても歩けるだろう。ストッパーで固定されたドアをくぐり、天井の高い多目的ホールに入った。この建物は元もと企業の研修施設として使われていたらしい。でも二十年ぐらい前に閉鎖され、しばらく放置されていたものを組織が買いとって改装した、と鬼頭が話していた。

古びてささくれだったカーペットの上に、抱えていた参加者を適当に転がす。

少し息が切れていた。運動不足を痛感する。ふだんこの仕事以外に運動らしい運動をしていない。

琥太郎と並び、廊下を引きかえした。

参加者を運ぶ鬼頭、くるみさんらとすれ違った。特に声をかけあうことも、会釈することもない。顔がマスクで隠されていると、相手が生身の人間だ、という感覚が希薄になる。

さらに五往復。最後の二往復は僕たちも女の子を運んだ。

今回の参加者は九名なので、鬼頭とくるみさんは三往復だけだ。

立ち去る前に、鬼頭はホールの中央、円形に並べられた椅子の上に封筒を置いていった。

椅子ひとつにつき封筒ひとつ、合計で九つ。椅子が形作る輪の隣には金属製のラックが置かれ、上にはブラウン管式のモニターが載せられている。

最後のひとりを運び終えると、僕はいったん出入り口へ戻り、あらかじめドアの横に置かれていたダッフルバッグをつかみあげた。また参加者たちのほうへ戻る。

さっきは市場のマグロみたいだったけど、いまの彼らは、浜に打ちあげられた遭難者を連想させる。

ふと気づくと、琥太郎がひとりの参加者の上に屈みこんでいた。制服のシャツをだらしなく着崩した、おそらくは見た目やスタイルに自信のある女の子だ。長い髪が乱れ、床を覆うように広がっている。

琥太郎はその胸に、そっと自分の手を被せた。

こら、と大きな声を出しそうになり、あわてて口をつぐんだ。

近づいていって琥太郎の腕を乱暴に引っぱる。

狼の顔が僕を見上げた。マスクに隠されているけど、「ちょっとふざけただけだろ?」とおどける表情が目に見えるようだ。

僕はため息をつき、ダッフルバッグから首輪を取りだした。いまは仕事の時間だ、ということを身をもって示そう。

首輪の幅は三センチぐらいで、一部に煙草の箱ほどの四角い装置が取りつけられている。

僕はその装置を握り、出入り口の上、壁と天井の境目へ視線を向けた。監視カメラのレンズと目が合う。

もう一方の手を挙げ、指を一本だけ立ててみせる。

カメラの向こう、監視室では姫菜がモニター越しに僕を見下ろしているはずだ。この場で働くもうひとりの女性。彼女がトラックパッドを操作し、僕が指示した「首輪その一」の電流レベルを調節し、クリックする姿が目に浮かんだ。

硬い、弾けるような音と共に、刺すような痛みとしびれが手のひらに走った。一瞬、身体全体が痙攣《けいれん》する。

漏れかけた悲鳴を飲みこんだ。

痛みと衝撃はせいぜい雑貨屋で売られている悪戯グッズ程度。あくまでこの、テスト用の電流レベルでは、ということだけど。

僕は、こんどは指で丸印を作ってから、いちばん近い参加者の首に首輪を巻きつけた。

そこで気づいた。琥太郎は相変わらずぼんやりと立ったままだ。首輪の検査をするどころか、バッグのほうへ手を伸ばしてもいない。

さすがに、声に出して注意した。

「ちょっと」

「うん？」

琥太郎がゆっくりと振り向く。

僕は口の開いたダッフルバッグを何度も指さした。彼はなにかと楽をしたがり、手を抜こうとする。気持ちはわからなくもないけど。

だれだって自分の身体でスタンガンの動作確認なんてしたくない。

琥太郎は片手を顔の前に立てて謝り、ようやく仕事に取りかかった。

ふたりで合計九つの首輪を検査し、参加者の首に取りつけていった。

いまごろ鬼頭は各参加者に割り当てられた個室をまわり、ドアにネームプレートを貼りつけ、備品の最終確認を行っているはずだ。着替えやタオル、歯ブラシなどの必需品はあるか。鍵のかかったロッカーに――これは一部の部屋だけだ――ナイフは入れられているか。それらの開錠番号は間違っていないか。

けっきょく僕が六人ぶんの首輪を取りつけることになった。当たり前のことだけど、参加者たちの顔はマスクで隠されていない。

なのに、あまり生身の人間という印象がなかった。

そこには僕や琥太郎よりも少し年下の、いかにも高校生らしい幼さ、不安定さが見てとれるというのに。

やっぱり心は身体よりも適応力が高い。

最後に多目的ホール全体の様子をざっとながめてから、ストッパーを外し、ダッフルバッグを回収し、両開きのドアを閉めた。そこでようやくマスクを外した。

空気の味が少しだけ新鮮になった。


鬼頭と僕、琥太郎が監視室に入ったのはほぼ同時だった。ここだけは蛍光灯の明かりで煌々《こうこう》と照らされている。まぶしさに思わず目を細めた。

この部屋は、以前は会議室として使われていたらしい。とはいえ、中央に寄せられたデスクは、さすがに後から入れられたものだ。ふたつずつが向かい合わせに、それらを見渡すドア側にもうひとつが置かれている。

くるみさんは自分の席でノートパソコンを開いていた。もうマスクはつけていない。明るく染めた髪に派手な顔立ち。片方の肩が出るように着たカーディガンの下は、胸元の開いたタンクトップ。僕にとっては、ここ以外の場所ではまず接することのない人種だ。

彼女の隣、奥側の席では姫菜が、やはり自分に割り当てられたノートパソコンに向かっていた。こちらはくるみさんとは対照的な黒髪。ギンガムチェックのシャツの首元から白いハイネックインナーがのぞいている。顔立ちは幼く、まだ十代にすら見える。実際にそうなのかもしれない。これまで話す機会がなかったわけではないけれど、彼女は無口だから、個人的なことはほとんどなにも知らない。

鬼頭はアメリカ大統領のマスクを机に置き、束ねた頭髪をなでつけた。彼が座ると、椅子の背もたれが小鳥の鳴き声みたいな音を立てた。

「チェック完了?」

姫菜が顔を上げ、こくりと無言でうなずいた。

僕と琥太郎はそれぞれの席に腰を落ち着けた。

「オーケー。じゃあ今回の担当、また適当に決めまーす」

鬼頭はボディバッグから二つ折りにしたA4サイズの封筒を取りだし、中から紙の束を抜きとった。そこから一組を自分用に確保し、残りをまとめてくるみさんに手渡す。

「まず一人目。一ノ瀬悠輝、人狼――」

鬼頭が資料に目を通し、上目遣いで部屋を見渡す。

「姫菜」

彼女はすでにくるみさんから紙の束を受けとっている。鬼頭にうなずきを返し、自分のぶんをパソコンの脇に置き、残りを僕のほうへまわしてくれる。

鬼頭がバッグからボールペンを取りだした。

「次、橋爪颯真、村人。正宗」

僕は受けとった資料に目を落とした。今回は二枚一組。左上がステープラーで綴《と》じられている。内容はいつも通りだ。参加者の顔写真が並び、隣に名前、性別、学年、人狼ゲームにおける役職、そして参加方法が書かれている。参加方法は基本的に「招待」、「自主的」、「強制」の三種類。信じがたいことに、通常は強制のパターンが一番少ない。今回も、少なくとも一枚目に記載された五人は全員が自主的な参加だった。

　写真はあらかじめ盗撮されたもの、あるいは参加者のＳＮＳサイトからコピーされてきたものだという。拉致後に撮影されたものが混ざっていることもある。

　僕が担当する橋爪颯真はやや面長で細身、髪はたぶん天然パーマだ。さっき最初に運んだ参加者だろう。写真の彼は満面の笑みを浮かべている。カメラ目線なので、盗撮されたものではないはずだ。データによると、現在は高校三年生。役職は村人。参加方法は強制、つまり無理やり連れてこられたということ。

　鬼頭がいがらっぽい声で言った。

「早坂亜由武、霊媒師。琥太郎」

「ほい」

　琥太郎が僕から資料を受けとり、ノートパソコンの横に並べる。

「佐竹澪、人狼。くるみ」

「はーい」

　くるみという名前は、たぶん本名じゃない。

　それを言うなら僕の正宗という名前も、琥太郎という名前も偽名だ。偽名の使用は本部から指示されている。情報漏洩を防ぐための施策の一環なんだろうけど、くわしいことは知らない。

「秦心春、村人。……これもくるみでいいか。次は滝快斗、村人。琥太郎で」

「男ばっかすか？」

彼、琥太郎とは高校時代からの付きあいだ。彼は、昔から女性には不自由していない。なのに、こうした場でも必ず女の子との接点を求める。だからこそモテるのかもしれない。

彼の軽口を無視して、鬼頭は次の参加者へと移った。

僕は自分用のノートパソコンのスリープ状態を解除した。トラックパッドを指でなでて、監視カメラの映像を切りかえていく。

目当ての、多目的ホールの様子が最前面のウィンドウに表示された。

画面の中では参加者たちが目を覚ましつつある。

「……用心棒。正宗」

僕が担当する二人目の参加者。どうやら用心棒らしいけど、名前を聞きそびれた。

資料のほうへ目をやって――。

その瞬間、息のやり方を忘れた。

世界から酸素がなくなったような気がした。もしくは重力がなくなったような気が。

ウォータースライダーで落下する瞬間みたいな感じだ。

彼女の情報は二枚目の最初にあった。

夏目柚月、と書かれていた。

なぜすぐに気づかなかったのだろう。資料を手渡されたときに。いや、それ以前に、あの多目的ホールの中でも、自分で運んでいないとはいえ、眠らされた彼女を直接、目にしていたはずなのだ。

鬼頭が参加者の割り当てを続けている。でもその声は僕の耳を、頭を素通りしていく。ただの、無意味な音の並びにしかならない。

「天野すみれ、予言者。あー……姫菜。末吉萌々香、村人。こいつは俺が担当するわ」

無重力空間に放りだされたような感覚が消えない。ウォータースライダーのボートがいつまで経っても着水してくれない。世界がぐにゃりと歪《ゆが》んでいく。

その歪んだ視界にもう一度、先ほどの資料を戻した。

夏目柚月。女性、高校二年生。そんなことはわかっている。用心棒。写真はカフェかどこかで友だちと話しているところを撮られたらしくて黒髪は肩の下ぐらいまで伸びていて笑っていて睫毛が長いせいで元から大きな目はほとんど真っ黒に見えてチェシャ猫みたいに両端の上がった特徴的な口は相変わらずで――。

参加方法は特殊で、「招待＞強制」と書かれていた。つまり招待に応じなかったけれど結局は拉致されてしまった、ということ。

決して珍しいわけじゃない。招待に応じた者、自主的に参加した者だけで一ゲームの参加者を揃《そろ》えることは不可能に近い。

僕は最大限の意思力を振りしぼって、なんとか震える手を挙げた。

「すみません。ちょっと、トイレ」

「ああ?」

鬼頭が怒ったような、戸惑ったような目を向けてくる。

「大事なオープニングでしょう?」

返事をする余裕はなかった。僕は席から浮かびあがり、そのまま、ふわふわとした足取りで部屋を後にした。

鬼頭がなにか口にしたかもしれないけど、聞きとれなかった。

廊下を歩いた記憶はなかった。なのに、いつの間にかトイレの通路で行ったり来たりしていた。

いまさらだけど、自分の心臓がひどく速く打っていることを意識した。手足はじんじんとしびれている。

僕は洗面台に目をとめた。なんとなく水を流し、手を洗ってみた。

蛇口の水を止めた。

濡《ぬ》れた手をだらりと脇に垂らした。

いまにも倒れそうだ。鏡の中の自分と手を合わせ、なんとか身体を支える。水滴が鏡の表面を伝っていく。

まだ混乱している。まともにものが考えられない。

だけど、これだけは、はっきりとしている。

彼女を死なせたくない。

WEREWOLF GAME OPERATORS

第一章

一日目（昼）

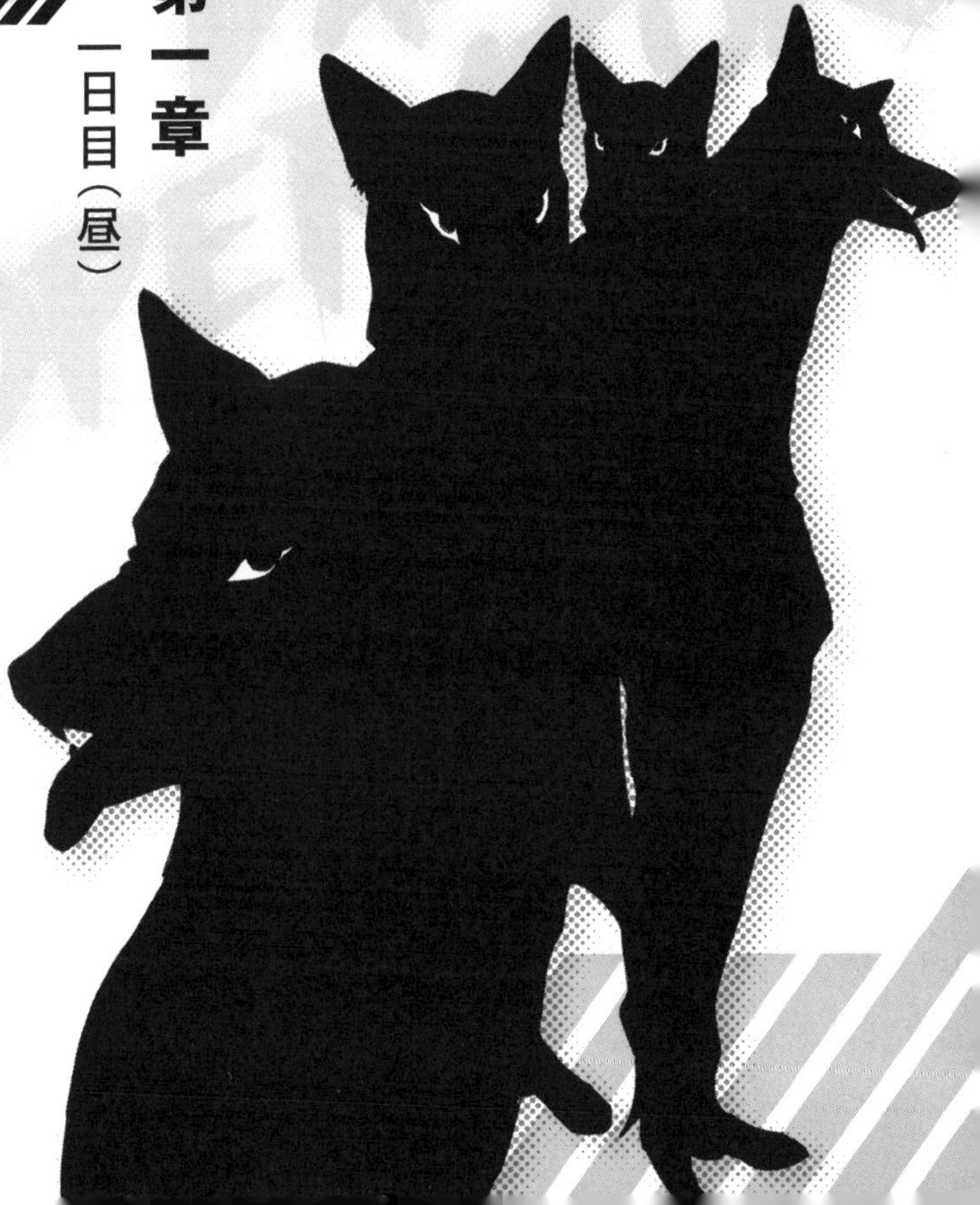

灰色の地平線、と思ったらカーペット敷きの床だった。

柚月は身体の右側を下にして倒れていた。前へ伸ばした右腕が痛い。ちょっとクロールで息継ぎするときみたいな格好だな、と思いながら身を起こした。

わたし、なんで床でクロールなんかしてたんだろう。

ここはどこだろう。

周りにも何人かの男女が倒れていた。服装はバラバラ。皆、柚月と同年代に見える。明らかに制服を着ている者もいるから、間違いないだろう。見下ろしてみると、自分も高校の制服姿だった。

部屋は教室ふたつぶんほどの広さだ。もうひとまわり大きいかもしれない。いまは朝か昼らしく、一方の壁に並んだ窓から強い光が差しこんできている。にもかかわらず、この場所からは妙に寒々しい印象を受けた。調度品が少ないからかもしれない。目につくものといえば、金属製のラックに載せられたテレビと、あとは、円形に並べられたパイプ椅子ぐらいのものだ。

円形に並べられたパイプ椅子。

ぎょっとした。一瞬で頭の中の霧が晴れた。

考えられる可能性はひとつだ。巷で噂になっているデスゲーム。「嘘……」だとか、「信じられない……」だとか、そんな言葉を口にするほど脳天気にはなれない。

隣で小柄な少年が立ちあがり、キョロキョロと周囲を見回していた。ボリュームのあるダウンベストが彼の肩幅の狭さをさらに強調している。

その首元に視線が吸い寄せられる。

黒い首輪と、その外側に取りつけられた、やや厚みのある同色の箱。

とっさに自分の首に手をやった。

ある。

合皮または樹脂製と思われるベルトが首に巻きつけられている。

硬い箱状の物体は、右の顎の下あたりにあった。

思わずそれを握りしめた。引きちぎりたくなった。

でも、だめだ。あわてて指の力を緩めた。

「んだこれ……」

背後からの声に振りかえった。

格闘家のような体格の、だがアンバランスに肌が白い少年が指を首輪に引っかけている。

こちらは制服のカッターシャツ姿で、上着は身につけていない。下に着た派手な色のT

シャツが透けて見えている。どうやらいまは、先ほど柚月が思いとどまった行為を試そうとしているらしい。

「ちょっと！」

考えるより先に声を投げつけていた。

「あん？」

体格のいい少年が獰猛《どうもう》な目を向けてくる。

「ちょっと、待ったほうがいいかも」

この首輪に触れるべきじゃない。直感と理性の両方がそう告げている。これは、いまの自分たちの状況に深く関わる代物だ。

ほかの少年少女も目を覚ましはじめていた。全員の首に同じ首輪と装置が見てとれる。おそらく気のせいだろうが、空気中に、目に見えないノイズが走ったように感じた。

最初はなにが起きたのかわからなかった。だがすぐに、テレビの電源が入ったのだと理解した。

青い背景に白い文字が浮かび、「人狼ゲームの始まりです。」と書かれている。

古くさい、時代を感じさせるゴシック体。それを言うなら、この部屋、この建物自体も時代を感じさせる。カーペットはところどころ薄くなっており、壁や天井には爬虫類《はちゅうるい》の皮膚を思わせる染みが浮かんでいる。

また新たな発見があった。

部屋の一方の隅、壁と天井が接するあたりに黒いビデオカメラが取りつけられていた。無表情なレンズの目が柚月たちを見下ろしている。

視線を巡らせてみると、ちょうど反対の角にもひとつ、出入り口らしきドアの上にもひとつ、同じ形のカメラが見つかった。奥の壁には古めかしい掛け時計も取りつけられている。

そりゃそうだよね、もちろん、と思う。

これからデスゲームが始まるんだから。

人狼ゲームが。

だれからともなくテレビの前に集った。

その手前、円形に並べられた椅子の上にひとつずつ封筒が置かれていた。表面にはそれぞれ別の名前が書かれている。この場の、少年少女たちの名前だろう。中には柚月の名前もある。

そりゃそうだよね、もちろん。

ウェーブした茶髪を顎のあたりまで伸ばした、美しい顔立ちの少年が短く笑った。

「マジだ」

「マジって？」

と面長の、天然パーマの少年がたずねる。彼は制服のブレザー姿だが、なんとなく大人がスーツを着ているような印象を受ける。

茶髪の少年がブランド物らしいジャージの襟元に指を入れ、自分の首輪をつまんで見せた。

「これだよ。デスゲーム、マジで始まった」

少なくとも柚月と同じ認識の人間がひとりはいる、ということだ。この場には。

まだ倒れたままの少女が目についた。花柄のロングスカートが脚にまとわりついている。

柚月は彼女のほうへ近づき、肩を揺すった。早く目覚めておくに越したことはない。

少女はすぐに目を開け、不思議そうに見上げてきた。顔立ちはまだ幼い。おそらく年下だろうが、立ってみると、身長は柚月よりも高かった。ショートブーツで嵩《かさ》上げされているとはいえ、それを抜きにしても高い。

「どこですか？　あたし、なんで……」

「わかんない。でも、なんか始まるみたい」

柚月はテレビを目で示した。

少し離れた場所ではダウンベストの少年がワンピース姿の少女を立たせている。

全員が目覚めたタイミングを見計らったかのように——実際にそうなのだろう、と監視カメラを見上げながら思う——画面が切り替わった。

　新たに浮かびあがった文字列をショートカットの少女が読みあげていく。低く抑えた、耳に心地よい声音だ。彼女もそれなりに背が高く、ボーダーシャツの上からマウンテンパーカーを羽織っている。下はスキニーデニム。短い髪型とも相まって、どこか少年っぽい雰囲気を漂わせている。

「それぞれカードを取り、自分の正体を確認してください。他人のカードを見てはいけません。自分のカードを見せてはいけません」

「カード、これですね」

　先ほど立たせてもらったばかりの、ニットワンピースを身につけた少女が封筒を取りあげた。中からカードを取りだし、書かれた内容をじっと見つめる。この場では彼女だけが眼鏡をかけている。

「役職名と絵が書かれてます」

「そっか。ランダムじゃないんだ」

　柚月の口からつぶやきが漏れた。

　眼鏡の少女に言われるまで意識していなかったが、普通の人狼ゲームでは最初に、ランダムに役職のカードが配られる。だがこの、普通ではない人狼ゲームでは、だれがどの役職を担当するかは事前に決められているらしい。

　柚月は並んだ椅子のほうへ歩いていった。自分の名前の書かれた封筒を手に取る。中からカードを取りだしてみると、一方の面には「用心棒」という役職名とそれをイメージしたらしいシルエット、「午後十時〜〇時の間に、カメラに向かって護衛の対象を宣言すること」という説明が書かれていた。

顔をしかめそうになった。特殊な役職は苦手だ。能力を活《い》かしきる自信がない。一時は人狼ゲームにハマっていたし、プレイするためのイベントに参加したこともあるが、だからこそ、自分が向いていないことはよくわかっている。

とはいえ、それを表に出すわけにはいかない。

なんとか先ほどまでと同じ、警戒と不審の表情を保った。

色白の、体格のいい少年が言った。

「わかんねえよ。俺だけか？」

「あたしもわかんない」

と、こちらは大人びた色気を感じさせる少女。制服姿だがブレザーは着ておらず、長袖シャツの袖を少しだけまくり、華奢《きゃしゃ》なブレスレット型の時計をのぞかせている。

柚月は気づいた。この大人びた少女も、先ほどのショートカットの少女も、眼鏡の小柄な少女も、童顔だが背の高い少女も、いずれも整った顔立ちをしている。意図的に容姿端麗な少年少女が集められているのだろう。

このゲームの見栄えをよりよくするために。

よくわたしなんかが引っかかったな、単なる数合わせかもしれないな、と心から思う。

またテレビの画面が切り替わった。

ショートカットの少女が続ける。

「構成。人狼側：人狼2人。村人側：予言者1人、霊媒師1人、用心棒1人、村人4人」

「九人。構成としては、普通ですね」

眼鏡の少女が感想を述べた。人狼ゲームには慣れている様子だ。

やはり人狼経験者らしい、茶髪の美少年が言う。

「狂人いねえんだ」

「説明しろよ！」

体格のいい少年が唾を飛ばした。

茶髪の少年がテレビを目で示す。

「いまやってんじゃん」

「毎晩ここへ集まり、夜八時までに任意の相手に投票してください。最多票を集めた者は処刑されます」

「やっぱり、命がけなんだ」

柚月は言った。処刑される、という表現は、おそらく比喩《ひゆ》でも誇張でもない。

噂《うわさ》は何度も耳にしていた。

それに、それだけではない。

天然パーマの、面長の少年が言う。

「聞いたことあるな。非合法な賭けの対象とかなんとか。てっきり都市伝説だと思ってた」

その発言を聞き、童顔の少女が目を剝《む》く。

「知らずに来たんですか？」

「知らねえよ！」

と体格のいい少年が割りこむ。

「てか、来てねえよ！」

「拉致されたんだ？」

と柚月は彼に確認した。

少なくともこの場には二種類の人間がいる。自分から参加した人間と、彼や柚月のように拉致された人間。

「そう……拉致だよ拉致！　どうすんだよ⁉」

「ぴーぴー泣かないでよ」

大人びた少女に諭され、体格のいい少年が逆上する。

「ああ⁉」

「待って」

柚月は争いを止めるため、そして、できるだけ多くの味方と共に生き残るために、皆の注意を画面へと向けさせた。

またショートカットの少女が読みあげていく。

「該当者が複数いた場合、それ以外の者による決選投票を行ってください。それでも票が割れた場合、その夜は処刑を行いません」

処刑、という文字が頭の中心を殴りつけてくる。

体格のいい少年もさすがに息を詰め、画面を注視している。

ショートカットの少女はなんとか感情を抑えているようだが、さすがに、かすかに声が震えている。

「夜十時から朝六時までは自分の部屋にいてください。ただし人狼は深夜〇時から二時までの間にだれかひとりの部屋を訪れ、相手を殺害してください。人狼を全滅させた場合、村人側の勝利。村人側の人数が人狼の人数以下になった場合、人狼側の勝利。勝利した側には合計一億円が支払われます」

彼女はそこまで一気に読みあげたあと、息を吸い、時間をかけて吐きだした。

小柄な、ダウンベストの少年が言った。

「ほんとなんだ」

さすがに体格のいい少年も状況を理解しはじめたらしく、口の中で「マジかよ」とつぶやいている。

柚月は先ほどの推測を確認すべく、全員にたずねた。

「みんなは、自分から来たの？」

美男美女たちが顔を見合わせる。

やがて、大人びた少女がゆっくりと手を挙げた。

「私もさらわれた」

「私はメッセージを受けとって、それで」

とショートカットの少女。

眼鏡の少女が眉を上げる。

「メッセージ？」

「特別なゲームに参加しませんか、みたいな内容」

彼女は右奥の監視カメラを見上げた。

「たぶんこれのこと」

「あたしもです」

そう言い、童顔の少女が手を挙げた。同様のメッセージを受けとったらしい。

そして、ふたりは、自ら参加することを決めた。

柚月とは違って。

茶髪の少年が意外そうな表情を作る。

「招待状じゃん」

ほぼ同時に、眼鏡の少女も、眉をひそめながら言った。

「それは、初めて知りました。うらやましいです」

「どういうこと？」

思わず柚月はたずねていた。眼鏡の少女は明らかに自分から参加した側の人間だ。なのに、招待状を受けとっていない？

彼女が返答する前に、ショートカットの少女が朗読を再開した。

「ゲーム中は建物から出られません。建物、備品、他人を傷つけてはいけません。ルールに違反した場合は命を失います」

「命ってなんだよ⁉」

体格のいい少年は頭に血が上りやすいようだ。色白の顔に朱色が差している。

それを無視して、眼鏡の少女が柚月にこたえた。

「噂は昔からありました。いつどこへ行けば参加できる、という情報も。私は何度もその場所へ行きましたが、ずっと外れでした。いままでは」

「おれもそのパターン」

と茶髪の少年が言った。

「何度も行ったりはしてねえけど。こないだ初めて噂を聞いて、昨日？　今日？　わからねえけど、待ちあわせ場所に行って、そしたらこれ」

「噂だけで来たんだ」

彼らは運営側に選ばれたわけではない、ということだ。もちろん噂を信じた人間が全員、参加できるとは限らない。そういう意味では、いちおうは運営側による選別を受けていると言える。

小柄な少年がベストのポケットに手を突っこむ。

「俺もネットで見た。あんま信じてなかったけど、行ったら白いワゴン車が停まってて」

「ワゴン！」

体格のいい少年が、突くような動きで小柄な少年を指さす。

「それだ。思いだした――」

「画面！」

と童顔の少女が、鋭い声で呼びかけた。

反射的に全員が振り向く。

ショートカットの少女が、また画面の文字を読みあげていく。

「予言者は毎晩、ひとりを選び、その人物が人狼かどうかを知ることができます」

彼女は皆のためにと言うよりは、自分自身のために読んでいるようだ。内容をしっかりと理解するために。そして、しっかりと記憶にとどめておくために。

「霊媒師は毎晩、直前に処刑された人物が人狼だったかどうかを知ることができます。用心棒は毎晩、自分以外のひとりを護衛できます」

　画面の文字が消えた。

　これで終わりかな、と思ったところで、最後に投げやりな一文が表示された。

　それを、柚月は、自分も声に出して読んだ。

「それでは皆さん、頑張って生き抜いてください」

　数秒後、テレビの電源が落ちた。

　いま読んだ内容を頭の中で整理する。

　九人村。

　狂人なし。特別な役職はなし。

　柚月は確認のために言った。

「ルールは普通の人狼と一緒？」

「いや、違うでしょ」

　茶髪の美少年が自分のカードを見下ろす。

「これ、人狼同士の顔合わせってないよね？　ならどうやって味方を特定すんの？　人狼さん、自分のカードに相方の名前書いてある？」

そう言い、目で全員の反応を観察する。思わずカードに目をやった人間は怪しい、人狼の可能性が高い、ということだろう。なかなか鋭い。いや、そう思わせておいて、実は彼自身が人狼かもしれない。

柚月は壁の時計を見上げた。午後四時過ぎ。このあと四時間足らずのうちに、最初の投票が行われる。

ふと思いついて言った。

「そっか、予言者による占いもないんだ。初日は本当に、なにも情報がない状態で投票する」

「あなたは、自分から望んで？」

眼鏡の少女が訊いてきた。柚月の発言や態度から、自分と似た種類の人間だ、と判断したのかもしれない。

柚月は首を振った。

「同じメッセージは受けとったよ。無視したけど、結局はさらわれたみたい」

天然パーマの少年が納得した様子でうなずいていく。

「少なくとも、拉致されたのが四人か」

「信憑《しんぴょう》性が高まりましたね」

と眼鏡の少女が言った。

「犯罪をいとわない主催者。運営。どっちでもいいですけど。賞金額も、命がけのルールも、ぜんぶ本当でしょう」

そうだね、と言いかけた柚月の視界の片隅で、なにかが不自然に動いた。

見ると、大人びた少女が自分の首輪に両手をかけていた。

止める間もなかった。

少女が首輪を思いきり下へ引っぱる。

火の中で枝が爆ぜるような、それを数百倍にしたような音が空気を引き裂いた。

と同時に、彼女の身体が盛大にのけぞった。

正宗

くるみさんがトラックパッドをクリック。適切なタイミングよりも若干、遅かったような気がする。過剰な色気を放つ女子高生、秦心春のことが気にくわなかったのかもしれない。同族嫌悪というやつだろうか。

画面の中で秦心春の痙攣《けいれん》が止まった。力を失った身体がぐらりと横へ傾く。彼女が受けた電流の大きさは、首輪の動作確認時のそれとは比べものにならない。

近くにいた滝快斗、早坂亜由武は彼女を支えるどころか、驚き、おびえた様子であとずさった。

心春の身体が床に激突し、派手な音を立てる。

いまは参加者全員が多目的ホールにいるため、僕たち運営側五人のノートパソコンはいずれも同じ映像を表示している。正確にはほぼ同じ映像を、だ。多目的ホールのカメラ1か、カメラ2か、カメラ3かは、もちろん、どの参加者を担当しているかによって異なるだろう。

画面に注意を向けるだけではなく、僕たちは片方の耳にイヤホンを差していた。参加者の首輪にはマイクが取りつけられており、僕たち運営側は必要に応じて会話の音声も拾える。

琥太郎が息を吐き、だれにともなく言った。

「オッズ、下がったんじゃないすか」

余計なことをした秦心春が生き残る可能性は低いだろう、少なくともこのゲームに賭けている連中はそう考えるだろう、という意味だ。

「だねえ」

鬼頭は首にかけた悪趣味なネックレスをいじっている。

柚月たちの推測は正しい。このゲームは非合法な賭博の対象になっている。基本的には

「だれとだれが最後まで生き残るか」を予想するものだ。客は基本的に日本人だけど、アジア諸国の金持ちなんかも多いらしい。刺激に飢えていて、とんでもない額の資産を持っていて、なのに倫理観は微塵も持ちあわせていない奴ら。

画面の中では柚月が心春に駆け寄り、抱えあげ、身体をゆすったり頬を叩《たた》いたりしている。

心春はぼう然と目を見開き、天井を見上げている。

僕のイヤホンから「大丈夫？」と、心春を気遣う柚月の声が聞こえてきた。心春の荒い息づかいも。

いままさに彼女を苦しめたばかりのくるみさんが、あざ笑うような口調で言う。

「毎回ひとりはいるよね、ああいう無謀な子」

「哀しいよねえ」

「ただ、いまの子……秦心春か」

琥太郎が手元の資料に目を落とす。

「拉致組ですよ。拉致組、意外と強いっすよね。いつも」

「今回はどうだろうねえ。特に男ふたり。吊《つ》りやすそうじゃない？」

僕も手元の二枚の資料を確認した。参加理由に強制、と書かれているのは秦心春と橋爪颯真、そして早坂亜由武の三人。

　橋爪颯真は高校三年生。いちおう参加者の中では一番年上。人狼マニアというわけではないものの、それなりに知識はあるようだ。妙に自信満々で場を仕切りたがるタイプ。信奉者が出てくれれば強いけど、逆に嫌われることも多いだろう。

　早坂亜由武は高二だった。背が高く体格がいいので威圧感はあるけど、最初から騒ぎすぎている。きっと小心者なのだろう。好感度が高いとはとても言えない。

　琥太郎が鬼頭に同意する。

「男は、そうすねえ。たしかに、わかんないからとりあえずこいつに入れとけ、みたいなの、あるかも」

「ねえ」

　くるみさんが隣の姫菜に呼びかけた。

「だれが勝つと思う？」

　姫菜は、直接はこたえず、陰気な目を鬼頭のほうへ向けた。

「予想行為、禁止ですよね」

「一応はな。でもまあ、賭けなきゃいいんじゃない？」

　鬼頭だけは本部から直接、ここへ派遣されてきている。言うなれば唯一の正社員で、ほかの三人はバイトみたいなものだ。

　実入りはいいけど、違法な行為を強いられるブラックバイト。永遠に抜けることはできない。たぶん。

ほかの三人はどう考えているのだろう。そう思って姫菜を見ると、彼女はパソコンの画面を険しいまなざしで見つめていた。どうやら真剣に勝者を予想しているらしい。

「一ノ瀬悠輝と佐竹澪。人狼側が、有利に見えます」

生真面目でとっつきにくく、融通が利かない姫菜。彼女はなぜここにいるのだろう、こんな仕事をやっているのだろう、と疑問を抱かずにいられない。

「だよね。どっちかは残りそう」

一方のくるみさんはどこか上機嫌だ。自分が担当する少女、佐竹澪が有利と言われたことがうれしいのかもしれない。こうした思い入れは、どうしても生まれてしまう。

佐竹澪は小柄な、眼鏡をかけた美少女だった。明らかに人狼経験者だ。資料にある写真は学生証をデジカメかなにかで撮影し、あらためて配置したものに見えた。彼女はネットの情報をたどり、自分からこのゲームに参加したため、運営側には事前に写真を入手する機会がなかったのだろう。カメラを見つめる目は理知的で、冷酷そうで、たしかに、人狼の仕事を完璧《かんぺき》に遂行しそうな印象を受ける。

「お」

そう言い、鬼頭が背もたれから身を起こした。

「始まったね、自己紹介」

琥太郎がうなずく。

「お約束ですね」

彼はいつも朗らかで飄々《ひょうひょう》としている。この仕事に関わる現実を受け入れるのも早かった。僕よりもずっと。僕の心は勝手に死んでしまったけど、彼の場合は、意図的に心の一部をオンにしたり、オフにしたりできるみたいだ。

その器用さは、強さだと思う。

柚月

まずはお互いの名前を確認しよう、持っている情報を交換しよう、という話になった。特に決めたわけでもないのに、自然と全員が、元もと自分のカードが置かれていた椅子に腰を下ろす。

なんかもうゲームが始まってるみたいだな——そう考えて、柚月はすぐに自分の間違いを悟った。

役職が確定している以上、間違いなくゲームは始まっている。すでに何人かは駆け引きを始めているはずだ。先ほどの、茶髪の少年の発言などはその典型だろう。

その茶髪の彼が、ショートカットの少女に指示する。

「君からでいいんじゃね？　テレビの前だし。そっから時計回りで」

言われた少女が居心地悪そうにうなずき、口を開く。

「天野すみれ。三年。……なに言えばいいの？」

「なんでも」

と天然パーマの少年。やさしげな笑みを浮かべているが、どこか上から目線といった印象も受ける。

柚月はショートカットの少女にたずねた。

「メッセージ、受けとったんだよね？」

「そう。それで、なんとなく集合場所に行ってみた」

「なんとなくか」

天然パーマの少年が苦笑する。やはり上から目線だ。

その口調に反発を覚え、思わず柚月は「わかるよ。なんだろうな、とは思うもん」とショートカットの少女を励ましていた。

天然パーマの少年が肩をすくめる。

続いて天野すみれの左隣、童顔の少女に視線が集まった。

童顔の少女が皆に会釈する。彼女はダークグリーンのブラウスにキャメル色の綿ジャケットを合わせている。座った状態だとそれほど背が高いという印象は受けない。純粋に脚が長いのだろう。

「末吉萌々香、一年です。あたしもメッセージを受けとりました」

「君もさ、なんで来ようと思うわけ？」

天然パーマの少年が、小馬鹿にしたような口調でたずねる。

「理解できないな。命がけとは書いてなかった、ということ？」

「いえ……いちおう書いてあって、賞金とかも。それで、半信半疑で」

彼女の隣で、大人びた少女がため息をついた。

「理解不能」

「わたしは理解できるかも」

柚月は言った。末吉萌々香を気遣っての発言ではあるが、本心でもある。

「わたしもメッセージは受けとった」

「そうなの？」

大人びた少女が目にかかった髪を掻《か》きあげ、訊いてくる。

柚月はうなずいた。

「けっきょく自分からは来なかったけど。一億円もらえるなら賭けてみてもいいかなって、ちょっとだけ思った」

意識がこの空間の外へ、外に存在しているはずの現実へと漂っていく。

柚月の父親はデザイン会社の代表だが、最近は中堅社員の独立が続き、かなり経営が厳しいという。ちょうど一月ほど前、「奨学金を得られなければ大学進学は難しい」と母に言われ、柚月は軽いショックを受けた。まさかそこまでとは思ってもみなかったのだ。

茶髪の少年がわざとらしく手を叩いた。

「つまりそういうことでしょ。まとまった額が入るなら頑張りたいっていうチャレンジ精神。それが多数派。いまここでは」

「ですね」

眼鏡の少女が賛同し、そのまま自己紹介を始める。

「佐竹澪、自首参加です。人狼歴は、まだ半年ぐらい」

「秦心春。三年」

大人びた少女があとに続いた。彼女は両腕を自分の身体に巻きつけ、ほとんど寝そべるような格好で椅子に身をうずめている。

「大丈夫?」

と柚月はたずねた。

彼女、秦心春は先ほど首輪を外そうとして、電流の一撃を受けたばかりだ。

心春が面倒くさそうに、小刻みにうなずく。

眼鏡の少女、佐竹澪も心春の首輪を見つめていた。

「あの電流は警告でしょう。殺すときは、電圧を上げればいい」

柚月は無意識のうちに自分の首輪を触っていた。殺すときは電圧を上げる。きっとそうだ。佐竹澪の推測は正しい。

「外そうとしたり、逃げようとしたら、殺される」

「ルール違反全般でしょ」

と天然パーマの少年が言い、監視カメラのほうへ顎をしゃくった。

「見られてるし。それにこれ、この首輪。音も拾ってる」

「くそっ！」

体格のいい少年が吐き捨て、足を踏みならした。

眼鏡の少女、佐竹澪は涼しげな態度を崩さない。

「勝てばいいんです」

「あんたはいいよ。あんたも」

心春が力のない、だが怒りを秘めた目で澪と一ノ瀬を睨《にら》みつける。

「慣れてんだから。こっちは不利じゃん」

拉致された側、人狼に慣れていない側は不利だ、と言いたいのだろう。

澪はまったく動じなかった。

「そうとも言えませんよ。人狼ゲームはチーム戦ですから。あなたの味方が全員、熟練者なら、あなたは有利かもしれない。そもそもいまの発言自体、自分は初心者だ、と思わせるためのフェイクかもしれませんせん」

「は？　なにそれ」

「いまはやめようよ」

柚月はふたりをたしなめた。まだ全員の自己紹介が終わっていない。議論や話しあい、あるいはだましあいは、そのあとでいい。

心春が、またため息をついた。

「さっきも言ったけど、私はさらわれた側」

「どんな状況？」

そう言い、天然パーマの少年が身を乗りだした。

心春が天然パーマの少年から大柄な少年へと、ゆっくりと視線を移していく。

「あんたたちと似た感じ。バイト帰りにワゴン車が近づいてきた。中から男がふたり——普通の、二十歳から三十歳ぐらいに見えたけど」

「俺は、顔も見てねえ」

大柄な少年が渋面になった。

茶髪の少年がたずねる。

「名前は？」

「だから、知らねえって」

「じゃなくて、君の名前。自己紹介」

「ああ……早坂亜由武、二年。特にねえよ」

「滝快斗、高校一年です」

小柄な少年が名乗ってから、申し訳なさそうな口調で付け足す。

「僕も佐竹さんと同じで、自分から来ました。人狼は、学校の奴らと、たまに」

「橋爪颯真、三年」

天然パーマの少年が居住まいを正した。

「僕はただの巻きこまれ被害者だけど、ルールは一通り知ってる。カミングアウト云々は
あとってことで、オーケー？」

カミングアウト。自分の役職を宣言する行為のことだ。

柚月はうなずいた。

「いいと思う」

特にだれからも反論は出ない。

「一ノ瀬悠輝、高校三年生」

茶髪の美少年が名乗った。

「よろしく」

「夏目柚月、三年。さっきも言ったけど、メッセージを無視してもさらわれた」

「これで全員だよね。さっそくだけど、質問していい？」

橋爪颯真が柚月、ショートカットの天野すみれ、童顔の末吉萌々香を順番に指さす。

「招待状を受けとったのが三人。なんか心当たりある？」

彼の動作はひとつひとつが妙に芝居がかっている。

柚月はすみれ、萌々香らと顔を見合わせた。なぜ自分たちだけが招待状を受けとったのか。その心当たり。

少なくとも柚月にはなかった。

萌々香も小さな丸顔を横に振る。

「わかりません」

正宗

「そういえば、なんで？」

とくるみさんが鬼頭にたずねた。

「招待される子の選別、どういう基準？」

「基本は可愛い子だな。人狼のイベントなんかで目立ってると、目ぇつけられる」

僕の胸の中で心臓が跳ねた。

たしかに柚月は可愛い。美人というわけではないけど、愛嬌のある、多くの人から好かれる顔立ちだと思う。

人狼のイベント、という言葉が耳の奥で重く響いた。記憶がよみがえり、過去の映像が頭の中で次々と再生されていく。

くるみさんは鬼頭の発言内容が不服らしい。

「あれ可愛い？」

「どう見ても可愛いだろ」

鬼頭が断言する。僕も同意見だけど、男性と女性では美醜の感覚が違うんだろうな、とも思う。

くるみさんは「理解できない」と言いたげに眉を寄せた。

鬼頭が「招待」に関する説明を再開する。

「まずはメッセージを送って、反応がなければ、基本はそれで終わり。ちょっと調べて隙が多そうだった場合は、強制参加だな」

「いきなり強制参加の子は？」

とくるみさん。招待状を送られることなく、いきなり拉致される参加者はどう選ばれるのか。

鬼頭が返答する。

「運が悪かった。まずいときにまずい場所にいた。それだけ」

「単純」

「すんません」

琥太郎がそう言い、席を立った。

「落ちついたんで、煙草行きますわ」

「僕も」

とっさに言葉が口をついた。琥太郎とふたりだけで話せるチャンスだ。これを逃せば次はいつになるかわからない。

琥太郎との付き合いは長い。彼だけは信じられる。

鬼頭が不審そうに僕のほうを見てくる。

「吸わねえだろ」

「気持ち悪いんで、トイレ」

「おいおい」

鬼頭が頭をなでつけ、ポニーテールの位置を整える。

「休憩はひとりずつって言ってんだろうが？　まあいいけど。大金もらってんだから、体調管理も仕事でしょう」

「すみません」

僕は素直に謝った。

直後、琥太郎が余計な気を利かせて、「オレ残ります？」と鬼頭に提案する。

やめろよ、それじゃ意味ないだろ、と頭を掻きむしりそうになったけど、鬼頭は羽虫を追い払うように手を振り、僕たちを行かせてくれた。


いったんトイレに入り、すぐに出て、裏口へと続くドアへ向かった。

僕たち運営側が使っている建物は参加者側のそれとは別で、敷地の奥まった場所にひっそりとたたずんでいる。元もとは新館として建てられたものらしい。そのため全体的に少しだけ新しい。それでもコンクリート製の壁は黒ずみ、ところどころにひびが入っているけど。

裏口から出てすぐの場所は、参加者側の建物からは死角になっているので、僕たちは外の空気が吸いたくなったときの休憩所として使っていた。

琥太郎は建物の壁にもたれ、煙草を指の間にはさみ、ぼんやりと宙をながめていた。

僕が近づいていくと、彼は意外そうに目を見開き、口の端から煙を吐きだした。

「どした?」

どこから話そう。

まずは核心から伝えろ、という高校時代の英語教師の言葉を思いだした。付属する情報はあとから足していけばいい。時間がないときは特に。

僕は唾を飲みこみ、打ち明けた。

「知ってる子だった」

「は?」

「参加者に知ってる子が混ざってた。夏目柚月って子」

「マジかよ」

「資料を見て初めて気づいた。なんでホールで気づかなかったのかわかんない。どうしよう?」

「どうしようもねえだろ」

琥太郎は短くなった煙草を最後に一吸いして、それを足下のバケツの中に落とした。バケツには水が張られ、底は吸い殻でびっしりと覆われている。無数の沈没船が横たわる海の墓場みたいだ。

「助ける方法、ないかな」

すがるような気持ちでたずねた。このゲームは厳密に管理されている。特定の参加者を勝たせる方法なんて、少なくとも僕には思いつかない。

僕のほうが勉強はできる。高校でも大学でも成績は良かった。でも、それはあくまでルールの範囲内での話だ。ルールの穴を突くような発想に関しては、僕は琥太郎の足下にも及ばない。

なのに彼は、そんな僕の希望を紙のように丸めて、あっさり潰してしまう。

「あるわけねえだろうが」

「でも――」

「おい、変なこと考えんなよ？　不正なんかしたらおまえが殺される。一日にふたりずつ死んでんだから。そういう場所だろ」

「そうだけど」

彼は失敗したときのリスクを気にしているだけだ。成功の可能性がないと言ってるわけじゃない。そんな気がした。

琥太郎は不機嫌そうに煙草の箱を叩き、次の一本を取りだす。

「本部にとっちゃ同じだよ。参加者もオレたちも。ただの、金儲けの道具」

「死んでも気にしない……」

琥太郎はうなずき、煙草にライターで火を点けた。電子煙草ではなく普通の、紙巻きの煙草だ。

彼が深く吸い、煙を上空へ吐きだす。空はどんよりと曇っている。

「どういう関係？　元カノか？」

「違う」

過去の光景がよみがえった。年季の入った学習机に向かう柚月。休憩時間の雑談。屈託のない笑顔。

「昔、家庭教師のバイトで教えてた。三か月ぐらい」

「それだけか？　他人じゃねえか」

そう、ほとんど他人だ。でも僕には責任がある。

あれは僕が彼女の家から帰る直前のことだった。指導自体はもう丸一年近く行っていたので、僕たちはかなり打ち解けていた。

なにかの拍子に人狼ゲームの話題が出た。

僕自身は、苦手ではあるけど、ゲームに参加すること自体は好きだった。人狼のイベントを開いている友人もいた。柚月のほうは、学校で何度かプレイしたことがある程度だったけど、イベントには興味を持った。

「何回か人狼のイベントに連れてったんだ。高校受験が終わったあとで」

もちろん事前に彼女の母親の許可は取っていた。あくまで受験勉強を頑張ったご褒美として先生が生徒を連れていく、というスタンスは崩さなかった。

とはいえ、下心がなかったと言えば嘘《うそ》になる。僕よりも六つも年下ではあったけど、彼女は決して大人びた風貌ではなかったけど、僕にはない明るさと朗らかさがあって、僕は、いつも彼女のほうが年上のような気がしていた。

一緒に行った人狼のイベントは土曜日の昼間から夕方にかけて、営業時間前のバーで開かれていた。店内は明るい日差しに照らされていた。柚月はそれまでバーと呼ばれる場所には足を踏み入れたことがなくて、なにもかもが珍しいらしく、イベントの間中、ずっときらきらと目を輝かせていた。

「若いから目立ってた。それで目をつけられたんだと思う」

鬼頭とくるみさんの会話が頭の中で再生される。

――招待される子の選別、どういう基準？

――基本は可愛い子だな。人狼のイベントなんかで目立ってると、目ぇつけられる。

まさにこのパターンだ。

琥太郎は火のついた煙草の先端を見つめた。

「いま三年だっけ。てことは、二年ぐらい前か」

「僕のせいだ」

「だとしても、いますぐ忘れろ。なにもすんな」

煙草から視線を上げ、まっすぐ僕の目を見つめてくる。

琥太郎は本気で僕の身を案じてくれている。それがわかった。僕にできることなどない、たとえあったとしても命を危険にさらすほどの価値はない――そんな想いが伝わってくる。

たしかにそのとおりかもしれない。余計なことをして、それが発覚して、彼女が失格になってしまっては元も子もない。彼女が普通に、このゲームに勝って生き残るチャンスすら潰してしまう。

ここはぐっとこらえて、ただ彼女の勝利を静かに祈るべきなのかもしれない。

「……うん。わかった」

「もう慣れただろ？　心を殺すんだよ」

彼はそう念を押した。

心はとっくに死んでいるはずだった。

でも彼女が現れたことで、息を吹きかえしてしまった。

胸の奥で虫の群れが這《は》いまわっている。そんな感覚が消えない。


琥太郎と僕は揃《そろ》って監視室へ戻った。時間をずらしても良かったけど、逆にわざとらしいと判断してやめた。煙草のあとで琥太郎がトイレに寄った、ちょうど僕も出るところだった、という設定をいちおう考えていたけど、特にだれかから訊かれることもなかった。

鬼頭とくるみさん、姫菜はノートパソコンの画面に、真剣に見入っていた。

琥太郎が自分の席に腰を下ろし、パソコンのスリープ状態を解除する。

「どんな感じすか？」

「カミングアウトがふたり」

鬼頭はにんまりと笑った。

「予言者と、予言者騙《かた》り」

柚月

このまま自己紹介の時間が終わらなければいいのに、と柚月は思っていた。それなら永遠にゲームを始めなくて済む。

だがもちろん、そうはならなかった。

あえてゲームをプレイしない、という選択肢もなかった。

運営の意に背いた場合の結果は、秦心春が自らの身体で実証済みだ。そもそも九人中五人が自らの意思でこの場に来ており、ゲームの進行と賞金の獲得を願っている。

最初に佐竹澪が手を挙げ、「私が予言者です」と宣言した。

嘘っぽいな、と柚月は心の中でつぶやいた。

澪は自発的にこのゲームに参加した者のひとりだ。明らかにゲームのことを熟知している。外面は冷静そのもの、あらゆる物事に無関心といった雰囲気だが、実際は役職を騙ることに無上の喜びを覚えるタイプだろう。

柚月は二年前、家庭教師の大学生に連れられ、何度か人狼のイベントに参加したことがある。そのときに、澪のような相手を数えきれないほど見てきた。

こんなことならもっと続けていればよかったな、と柚月は唇を噛《か》んだ。人狼ゲーム自体は楽しかったし、大人たちに混ざって一緒に遊ぶ、という経験も新鮮だったが、当時は高校という新しい環境に慣れるだけで精一杯だった。バイトが忙しくなったことも影響して、イベントからは自然と足が遠のいてしまった。

すかさずショートカットの少女、天野すみれが立ちあがった。

「私が本物の予言者。君、すごくわかりやすい。いかにも慣れてて、騙るのが好きそう」

柚月とまったく同じ意見だ。

澪は動じない。

「経験者なのは同じでしょう。先ほど言ってましたよね。メッセージを受けとった、それでなんとなく来たと。慣れていない人が、なんとなく来ますか？」

「遊んだことはあるけど、慣れてるわけじゃない。ここに来たのは……ほんとに、なんとなく」

すみれの表情が陰った。

いくら招待状を受けとったとはいえ、普通は命がけのゲームになど参加しない。なにか彼女なりの理由があるのだろう。

「いずれにしても」

と澪が言い、手の中の封筒をわずかに持ちあげた。

「現時点では、私たちはまだカードを配られただけです。予言者の能力は使っていません。そうですね？」

挑戦的な目をすみれへと向ける。

相手が口を開く前に、澪は続けた。

「偽物がどういう結果を公表するのか、という点にも興味があります。ですから皆さん、今夜は、私と彼女は投票対象から外してください」

「わたしはそれでいいよ」

と柚月は同意を示した。

「本物を吊るわけにいかないし」

現時点では澪が怪しいと思うが、もし本物の予言者ならとても心強い。

小柄な少年、滝快斗がキョロキョロと場を見回す。

「霊媒師は？　そこも吊りたくないですよ？」

だれも手を挙げない。口も開かない。視線だけが交錯する。

明るい髪色の少年、一ノ瀬悠輝が面倒くさそうに言う。

「カミングアウトしちゃっていいんじゃない？　守ってもらえるっしょ」

「そうか」

柚月は思考を整理するため、頭に浮かんだ内容をそのまま口にしていく。

「今回、狂人はいないから、自称予言者ふたりのうち片方はほぼ間違いなく人狼。つまり人狼は、本物の予言者を襲撃できない」

「そうですよ！」

滝が興奮をにじませた声で言う。

「襲撃すれば残った側が人狼だとバレて、翌日に吊られるから！」

心春が隣の澪にたずねた。

「吊るっていうのは、投票で処刑すること？」

「そうです」

「だから」

と柚月は言った。

「用心棒は予言者を守らなくてもいい。どうせ襲撃されないから。もし霊媒師がひとりだけ名乗りでた場合は、そこだけをずっと護衛していればいい」

「霊媒がふたり出た場合は？」

橋爪が指を立ててたずねた。

澪がすかさず返答する。

「その場合は、自称予言者と自称霊媒師を片っ端から吊ることになります。四人の中に必ず人狼がふたりいる、という計算になりますので」

「なら、普通は出ないよね」

橋爪が満足そうな笑みを浮かべ、全員の顔を見回す。

「で、霊能は？　だれか、ないの？」

また張りつめた沈黙が場を満たした。

童顔だが背の高い少女、末吉萌々香が恐る恐る言う。

「霊媒師を引いた人、すごく慣れてるのかもしれません。今回、九人しかいないじゃないですか。それで予言者と霊媒師がふたりともカミングアウトしたら、人狼側は、簡単に用心棒を見つけちゃうかも」

用心棒は人狼の襲撃から村人側を守れる重要な役職、そのため「霊媒師はあえて自分が名乗り出ないことで用心棒が偶発的に襲撃されてしまう可能性を下げた」と言いたいらしい。

そんなことがあり得るだろうか。もしそうなら、用心棒である柚月としては、とてもありがたいが……。

橋爪が疑わしげな表情を浮かべる。

「たいした違いじゃないでしょう？　用心棒の候補が五人か六人か、なんて。それに、たまたま霊媒師が襲撃されちゃうかもしれない」

「違いはあると思う」

柚月は自分でも確信を持てずに、とりあえず言ってみた。

「明らかにこの人は違うな、特別な役職じゃないな、という人を除いたら、候補は限られてくると思うし。本当に用心棒を守りたいなら、有効な選択かも」

「それか」

と一ノ瀬悠輝が、やけに大きな声で、投げやりに言う。

「霊媒引いた奴はたんに慣れてないか、びびってるだけか。だからなんも言えねえんだよ」

滝が深くうなずいた。

「たしかにその可能性、ありますよね」

「べつにいいんじゃね？」

一ノ瀬が肩をすくめる。

「自分が吊られそうだな、と思ったら霊媒なり用心棒なり、正体を明かすってことで」

いまのやりとりを聞いたかぎりでは、末吉萌々香と橋爪颯真、一ノ瀬悠輝、それに滝快斗は、霊媒師ではないように思える。だがそう人狼に思わせ、自分が狙われないようにしているだけなのかもしれない。

あまりにも判断材料が乏しい。


自然と解散になった。軽く自己紹介をするだけのはずが、気づけば一時間近くも経過していた。壁の時計は午後五時ちょうどを示している。

投票まではあと三時間。

ひとり、またひとりとホールを出ていった。二人組を作る者もいたが、大半は単独行動を選んでいた。まだお互いに警戒しているのだろう。

柚月自身もひとりで探索に向かった。

建物は二階建ての長細い作りで、階段を挟んで左右に分かれていた。柚月たちが目覚めた広間は正面から見て右側の二階にあり、ざっと見てまわったところ、下の階には会議室や倉庫、食堂などが集められていた。

建物の、もう一方の側には比較的狭い間隔でドアが並んでいた。宿泊用の個室だろう。

ドアの、目の高さの位置には白いプラスティック製のネームプレートが貼られている。

柚月の見ている前で、何人かの少年がプレートに書かれた名前を確認し、部屋の中に入っていった。おかげで一階が男性、二階が女性に割り当てられているとわかった。

柚月は階段をのぼり、廊下を数メートル歩いて、自分に割り当てられた部屋の前に立った。プレートには『夏目柚月』という名前が黒い明朝体で印刷されている。

見ると、ドアノブの上に、鍵穴を覆うようにしてスマホ大の装置が取りつけられていた。どうやら無線で施錠と解錠を行うための代物らしい。

わたしたちは自分で鍵をかけることも、開けることもできないんだ、と苦く思う。

中はビジネスホテルを思わせる造りだった。家族旅行の際に、何度か似たような部屋に泊まった記憶がある。入ってすぐの左手にユニットバスがあり、奥にはベッドと作り付けの机、簡素な椅子という構成。

唯一、目を引くのは窓の下に置かれた金属製のロッカーだ。明らかにあとから運び入れられたとわかる代物。扉はダイヤル式の南京錠で施錠されている。解錠のための番号はわからない。ほかの参加者の部屋にもあるのだろうか。

机の上にはデジタル式の置き時計と、畳まれた下着やTシャツ、歯ブラシ、石鹸《せっけん》が置かれていた。数えてみると、着替えは三日ぶんあった。それまでにはゲームが終わるということだろう。終わらなかった場合は補充されるのかもしれない。あるいは、四日目以降は脱落者のものを使え、ということか。

自分たちはコンクリート製の檻《おり》に閉じこめられているのだ、という感覚がますます強くなった。ゲームに勝つまでは帰れない。両親や弟、友人たちと会うこともできない。

先ほどの広間では、まるでこれが通常の、学校やイベントで遊ぶ人狼ゲームと大して変わらないような気がしていた。

大きな間違いだ。

柚月はガラス窓に歩み寄った。外には森の木々が広がり、窓から二メートルほどの距離にまで迫っている。葉や枝は夕刻のくすんだ光に包まれ、瑞々しさの欠片も感じさせない。

二枚のガラスをつなぐ鍵は通常のもので、簡単に外せた。

窓をスライドさせ、湿った空気を吸いこんでみる。簡単に出られそうだが、出ればどうなるかは予想がついた。

首輪の装置に触れつつ、部屋の中を振りかえった。廊下へと続くドアの上に監視カメラが設置されている。いまこの瞬間も、だれかが柚月のほうを見ている。そう思うと鳥肌が立った。

死にたくない。そのためには、ゲームに勝たなくてはならない。

それはすなわち、数人の、最低でもふたりの参加者が犠牲になるということだ。

自分にできるだろうか。

柚月は封筒をポケットから取りだし、中のカードをあらためた。

用心棒。

毎晩、ひとりを人狼の襲撃から護衛できる、村人側が勝利するためには重要な役職だ。

吊られないこと。

襲撃されないこと。

そのためには、周囲からの好感度を上げておき、なおかつ、人狼側には「なにも役職を持っていない、ただの村人」だと信じさせなくてはならない。


部屋を出ると、ちょうど童顔で背の高い少女、末吉萌々香が通りかかった。彼女が「あっ」と口を開けて足を止める。

柚月はたずねた。

「探検?」

「はい」

「一緒に行く?」

誘うと、萌々香はホッとした様子でうなずいた。

いったん一階に降りた。廊下の突き当たりにははめ殺しの窓のついたドアがあり、ノブの上には「開閉禁止」と書かれたプレートが貼られていた。

柚月は反射的に視線を上げ、監視カメラを目で探した。

あった。

監視カメラはどこだろう、と確認することが、ここへ来てからの習慣になってしまった。

「ここまでだね」

「ですね」

萌々香とふたりで廊下を引きかえした。

階段の前にはやや広めの玄関ホールがあり、両開きのガラスドアへと続いている。ドアを出て階段を降りると車寄せが、その左右には駐車場があり、それらの先にはやや広めの一車線道路と、その道路をいまにも飲みこもうとする鬱蒼《うっそう》とした森が見えていた。車が通りかかる気配は感じられない。

個室のドアと同じく、両開きのガラスドアも施錠されていなかった。

柚月がノブを押すと、重いドアが眠たげな動きで開いていく。

「やっぱ開くね」

萌々香のほうを振りかえった拍子に、天井に取りつけられた監視カメラが目に入った。

そう、もちろん、ここにもあるに決まっている。

柚月は警告の気配があればすぐに戻すつもりで、足を少しだけ建物の外へ出してみた。

地面には下ろさず、つま先をぶらぶらさせてみる。

「夏目さん……」

萌々香はこわごわと柚月の行動を見守っている。

「ちょっとだけなら大丈夫そう」

もう少しだけ先へ足を伸ばしてみた。と、姿勢を崩し、そのまま倒れそうになってしまう。危ういところで腕を伸ばし、ドアの取っ手にしがみついた。

心臓が止まりかけた。

身体を建物の内側へ引きもどした。

緊張から安心への落差が激しく、思わず笑いだしてしまう。

「あっぶない」

「余裕ですね。誘拐されたのに」

萌々香の声には非難の色がにじんでいた。

柚月は床に両足を下ろし、息を整えた。

「余裕じゃないよ。ほんとは怖くてしょうがない。ゲームは最後までやろうって決めたけど……たとえば萌々香ちゃんのことを人狼だと思ったとき、自分に投票できるのかどうか。萌々香ちゃんを殺す決断ができるのかどうか。ぜんぜん自信ない」

「あたし、村人です！」

「もしもの話。こういうやりとりも最悪だし、そもそも、本当に出してもらえるかどうかもわかんない。運良く勝てたとしても、けっきょくは殺されてしまうかも。……ただ、泣いててもしょうがないかなって」

反応がないな、と思って振りかえってみると、萌々香は顔を伏せ、すすり泣いていた。

「ちょっと後悔してます。てか、すごく後悔」

「それが普通だよ」

萌々香は運営からメッセージを受けとり、自らその招待に応じ、ここへ来たという。たしかに軽率だが、いまさらそれを責めたところで意味はない。

彼女がしゃくりあげながら話す。

「お金があったらいろいろできるなぁって。やりたいことぜんぶ。嫌なことはやらなくていいし」

お金。お金はいつだって問題だ。柚月も同じ理由でほとんど参加を決めかけていた。なぜやめたのかは……自分でもよくわからない。ちょっとした理由で参加に傾いていたかもしれない。たとえば、コンビニでジュースを買おうとしたとき小銭が十円足りないとか。自分と萌々香との違いは、その程度でしかない。

柚月は、自分でもぎこちない動きだと意識しながら、萌々香の背中に両腕をまわした。

「うしろ向くのはやめよう。前も……まあ、けっこう厳しい感じだけど。でも、進まないと」

　萌々香がこくりとうなずく。その気配を耳のあたりで感じながら、柚月は言った。

「わたしなんかあの招待状、無視してもさらわれたし。運命だと思って、がんばろうよ」

「はい」

　萌々香は二度、大きく鼻をすすった。


　いったん萌々香と別れた。

　階段の隣にある共用のトイレに入った。ここでも、ほとんど無意識の動作で監視カメラを探してしまう。どうやらなさそうだ。

　そういえば、個室のユニットバスにもカメラはなかったような気がする。さすがにそうした場所でのプライバシーは守ってくれるようだ。

　鏡に首輪を映してみた。橋爪の言葉が思いだされる。これはマイク機能も備えているらしい。たとえ監視カメラの死角に入っていたとしても、音声によってある程度は動きを把握されてしまう。

　頰に触れた萌々香の髪のやわらかさ、肌の熱が思いだされた。

　彼女が村人側だといいな、と心から思う。だが彼女の態度や涙自体が、人狼であることを隠すための演技かもしれない。

――などと考えてしまう自分が嫌だ。

正宗

それからの数時間は、不気味な静けさと共に過ぎた。

少しでも味方を増やそうとする者、自室に引きこもる者等がいる点はこれまでのゲームと同じだ。脱出を試みる者はいなかった。大半が自主参加組だからだろう。柚月は何人かの参加者と会話し、食堂に用意されたインスタント食品で早めの夕食を済ませた。その後は屋上で、空の色合いの変化をただ目で追いかけていた。

運営側の五人は順番に休憩を取った。僕は参加者を運ぶときに使ったワゴン車へ戻り、自分の荷物を取ってきた。一瞬、屋上の柚月から見られるんじゃないかと焦ったけど、鬼頭はちゃんと死角となる位置に車を移していた。

荷物は国内線に持ちこめるサイズのスーツケースがひとつだけ。くるみさんなどは毎回、これよりもふたまわりも大きなスーツケースを持ちこんでいる。

僕たちに割り当てられた部屋は、参加者の部屋とほぼ同じだ。新館側の個室はやや狭く、やや新しい。机の上にはデジタル式の置き時計が置かれている。僕は腕時計をしていないので、時刻を知るにはこれを見るしかない。スマホは毎回、集合のタイミングで鬼頭に預ける決まりだった。

ベッドに腰掛けると、それまでずっとモニター越しに柚月たちを見ていたせいか、自分もゲームに参加しているような錯覚に襲われてしまう。でも実際はそうじゃない。僕たちは命がけのゲームになど参加していないし、自由にここから飛びだしていける。

本当にそうか。

僕は個室を出て給湯室に入り、用意されていたカップラーメンを作り、その場で立ったまま食べた。残ったスープをシンクに流していると、鬼頭がぶらりと入ってきた。

「よお」

「どうも」

鬼頭はいまにも鼻歌を歌いそうな様子で冷蔵庫の前に屈むと、扉を開け、中から日本酒の瓶を取りだした。ぱっと見にはワインと勘違いしそうな、現代的なデザインのラベルが貼られている。

「早くないですか」

二重の意味で訊いた。休憩にも早いし、飲むにも早い。

「内緒な」

彼はグラスも冷蔵庫から取りだし、そこに日本酒を注いだ。

飲まなくてはやっていられないのだ、と好意的に解釈しよう。彼の表情を見るかぎり、たんに日本酒の味が好きなだけだとは思うけど。


先に監視室へ戻った。

自分の席に腰を下ろし、イヤホンを耳に差しこんだ。僕の担当である橋爪、柚月らを一時的に監視してくれていたくるみさんと姫菜にうなずきかける。彼女らも琥太郎も、さすがに真剣な面持ちでモニターに向かっている。

僕自身もノートパソコンを開いた。時刻は夜の七時四十分。

橋爪と柚月の居場所を確認した。首輪の装置のおかげで、どの部屋にいるか、までは把握できる。ふたりともすでに、投票のための多目的ホールに入っていた。

画面にホールの映像を呼びだした。

すでに大半の参加者が顔を揃えていた。まだ来ていないのは……茶髪の軽薄そうな三年生、一ノ瀬悠輝だけだ。

鬼頭が監視室に入ってきた。かすかに頬が赤い。思った以上に早く戻ってきたことから察するに、ほとんど一気飲みだったのだろう。

彼も自分の席に着いた。

「始まるね」

そう、始まる。

議論と、それに続く投票と、そして処刑が。

琥太郎からはなにもするなと言われた。実際そのつもりだった。なにかしようにも、まったく方法が思いつかない。

でも、そう簡単に割り切れるものでもない。

いても立ってもいられない。頭がおかしくなりそうだ。

柚月は自分の席で、いかにも不安そうに、右手で左の肘のあたりを抱えている。

柚月

最後のひとり、一ノ瀬悠輝がぶらぶらと入ってきた。

「お、おそろいじゃん」

「早く座れよ」

早坂亜由武は胸の前で腕を組み、貧乏揺すりをしている。これまでの言動のためか、体格の割にそれほどの迫力は感じない。

一ノ瀬が肩をすくめる。

「これさ、ここで投票しろ、とは言われたけど、着席しろとは言われてないよね。部屋の隅でもいいんじゃない？　あと」

彼は壁際の監視カメラを順番に指さした。

「あれに布かけるとかさ。器物破壊にはなんないでしょ」

心春が眉をひそめる。

「なんのために？」

「見てる奴らへの嫌がらせ」

一ノ瀬の言葉を聞き、橋爪があからさまにため息をついた。

「ほんと、よけいなことやめてくれる？」

「ノリわりぃな。和ませようとしてんのに」

「和むわけねえだろ！」

早坂がそう言い、ドン、と床を踏み鳴らした。

「そうですね」

と澪が、まっすぐ一ノ瀬を見て言う。

「和みませんし、和む必要もありません。こちらが落ち着きませんので、着席してください」

「はいよ」

一ノ瀬は素直に自分の席に着いた。

柚月は組んでいた腕をほどき、両手を膝の上に置いた。リラックスしているように見せるためだが、実際は心臓が狂ったような収縮を繰りかえしている。

緊張を隠す必要などないのだろうか。だがあまりに挙動不審になって、村人側から人狼だと思われてしまっては元も子もない。

ほかの面々をひそかに観察した。何人かは落ち着いて見えるが、大半は柚月と同じかそれ以上に不安そうだ。

だれが人狼だろう。

この広間へ戻るまでの間に、澪とすみれ、一ノ瀬、滝とは話す機会があった。あとは、もちろん萌々香と。

自称予言者である澪、すみれへの印象は当初から変わりがない。澪が怪しいと思うが、本物ならとても心強い。一ノ瀬は自分から柚月の部屋を訪ねてきた。全員の部屋をまわっているという。彼は柚月の目をのぞきこみ、おまえが人狼だったら容赦しない、と凄んできた。飄々としているように見えるが、実際はかなり真剣に、このゲームに臨んでいるようだ。

滝と萌々香については、いかにも善良そうな印象ではあるが、だからといって村人側とは限らない。彼らの人格とは無関係に役職カードは配られる。むしろ運営側は人が良さそうな者に人狼を担当させ、煩悶《はんもん》する様子を見て楽しんでいるのかもしれない。

「なにかありますか?」

落ち着いて見える人物の代表格、澪がすみれに声をかける。

「言いたいことや訊きたいこと」

「いまはない」

「ひとつ提案」

橋爪がすっと手を挙げ、その指先を柚月のほうへ向けてきた。

「僕と君……」

「夏目。夏目柚月」

「柚月ちゃん、あと心春ちゃん、それから、君」

指先を向けられた早坂が、うなるように自分の名前を伝える。

「早坂」

「そう、早坂くん。ご存じのように、この四人は誘拐されてここへ来たわけだ。それ以外の五人は自主的に来てる。つまり覚悟があって来てる。いまはそんなに情報がないわけだし、投票するなら後者が妥当じゃないかな、と思って」

「そうだ。そうだよ！」

早坂が自分の膝を叩き、立ちあがった。

「賛成。死にたい奴が死ねよ！」

「でも、でも！」

滝があわてて立ちあがり、左右の手で澪とすみれを指さす。

「自称予言者は吊らない流れですよね？　なら彼女と彼女は抜くから、残るのって――」

「おれとおまえ」

一ノ瀬が目だけを動かし、滝を見上げた。

「あとは萌々香ちゃんの三人だけ」

「そんな！」

「おれはべつにいいよ。どうする、立つ？」

「嫌……」

萌々香が身を縮め、小さく首を振る。

対照的に、滝は大きく首を振った。

「冗談じゃないですよ！」

「うん」

一ノ瀬は足を組み、膝の上に肘をついて身を乗りだした。

「そうだね。やっぱよくないわ」

「んでだよ⁉」

早坂が目を剝く。

一ノ瀬が橋爪に告げた。

「いちばん気にくわないのは、この三人を選んだあんたが、ぜんぜん勝とうとしてない、というところ」

「どういうこと？」

橋爪は、一ノ瀬の発言を面白がっているように見える。

「僕、勝とうとしてるよ？」

「してないね。自分からここへ来たかどうか、なんて村側の勝利には関係ねえもん。そんな理由おかしくない？」

と皆に問いかける。

「もっとほら、こいつはやけに落ちつきがない、とか、逆に落ちついてるとか、最初にカードを見たときの反応がおかしかった、とか。そういうところで、ちゃんと判断するべきじゃねえの」

「あ！」

と萌々香が声をあげた。

「それで言ったら早坂さん。カードを受けとったとき、すごく真剣に見てました！」

「そりゃ見るだろうが！」

早坂が萌々香のほうへ向かいかける。

それを、早坂の隣に座った心春が手で制した。

その心春に、萌々香が遠慮がちに言う。

「あとは心春さんも、ちょっとどうしよう、みたいな感じでした」

「はあ？」

心春が眉間に皺《しわ》を寄せ、手をさっと下ろす。

「そりゃそうでしょ。経験者じゃないから、なんだって『ちょっとどうしよう』になるでしょ」

「普通の村人じゃなかった、ということですか？」

「村人だった。村人とか人狼とかに関係なく、どうしたらいいのかわかんない、って言ってんの」

「なら、すみません」

萌々香がしゅんとなってうつむく。

いまのやりとりを聞いたかぎりでは、萌々香も、早坂も、心春も、人狼ではなさそうな印象を受ける。

橋爪がパン、と手を鳴らし、皆の注意を自分へと集めた。

「ほかは？　だれか彼、彼女が怪しい、みたいなのはある？」

だれも口を開かない。

柚月自身も、現時点では澪と、強いて言うなら橋爪が怪しいかな、と感じている程度だ。カードを配られた際に一ノ瀬も口にしていたことだが、現時点では人狼側もお互いを確認できていないと思われる。それなら今夜は各人の判断で、特に意見を集約することなく投票しても良いのではないか。

「個人的にはね」

橋爪が、祈るように合わせた手を顎に当てた。

「できれば女性には入れたくないんだけど」

「なんでだよ！」

と早坂が突っかかる。

逆に、萌々香が「いいと思います！」と同調する。彼女はとにかく自分が吊られないために必死だ。

女性には投票しない、という方針は、柚月にとってもありがたいが、やや引っかかりは覚えた。

だから言った。

「でも、また勝ち負けに関係ない基準って言われたら、たしかにそうかも」

「味方を増やしたいんじゃない？」

と一ノ瀬が、嘲るような口調で言う。

「現状、女性のほうが数が多いし」

「そっか。たしかに」

滝がこの場の男女構成を確認する。

橋爪はうんざりした様子で首を振った。

「いやいや、説明させて。僕が女性に入れたくないって言ったのは、男性のほうが怪しく見えたから」

そう言い、合わせた手を一ノ瀬のほうへ突きだす。

「君が言ったように、ゲームに関係する理由でね。で、特に怪しいのが、やっぱり君」

「なんで？」

「急に饒舌《じょうぜつ》になった」

一ノ瀬は鼻で笑い飛ばした。

「ならおれとあんたの二択にするか？　必ずどっちかに投票。それでもいいよ」

「それは……」

さすがにこの提案は予想していなかったらしい。橋爪は言葉を詰まらせ、口元を引きつらせた。

「それは、賛成できない。ていうか君、人狼だからそういう提案ができるんじゃないの？　パートナーが自分に入れないとわかっているから。自分が一票少なくなって、僕が一票多くなるとわかっているから、安心していられる」

「まず第一に、おれは人狼じゃない。第二に、今回のルールだと、人狼ふたりはお互いをまだ確認できてない。だから、人狼だからそういう提案が！　みたいな言いがかりは通用しねえよ」

一ノ瀬は大きく息を吸い、橋爪をにらみつけた。

「はっきり言って、おれは村のためになる発言をしてる。だから吊られない。わかったか人狼！」

突然の大声に驚き、何人かがびくりと身体を震わせる。

なぜか柚月は直感した。これから橋爪が吊られる。柚月自身、最初から橋爪を怪しんではいたが、本当にこれで良かったのだろうか。

橋爪が魚のように口を開閉する。

「僕も――」

「ねえ。時間」

心春がそう言い、壁の掛け時計を見上げた。

一ノ瀬が勢いよく立ちあがった。

「投票だよ投票！」

だめだ、やはり良くない。この流れは危険だ。

柚月は立ちあがった。なにか反論しなくては。

橋爪も不穏な空気を察したのだろう、腕を広げ、手のひらを皆のほうへ向ける。

「みんな冷静になるべき。僕は人狼じゃない！」

「投票です！」

滝が甲高い声で呼びかけ、カウントダウンを開始する。

「三、二、一！」

「待って！」

柚月は叫んだ。だが遅い。
一、のタイミングで柚月以外の全員の手が上がっていた。たしかに時計の針は八時を示している。だれかを指さすしかない。
柚月は一ノ瀬に入れた。

合計十八の血走った目が、九本の指が指ししめす先を確認する。

柚月も、なにかに急き立てられるようにして票数をかぞえていた。急いだところで結果は変わらないのに。

柚月のほかには、橋爪だけが一ノ瀬に投票していた。

その一ノ瀬とすみれ、早坂は橋爪に投票していた。

驚いたことに、澪は柚月に。

萌々香は滝に、滝と心春は早坂に、それぞれ票を投じていた。

「ちょっと……ちょっとおおおお！」

橋爪が声を張りあげ、立ちあがり、天然パーマの髪を掻《か》きむしった。

「ほんとにみんないいの？　村が負けるよ？」

萌々香は伸ばしていた手をさっと引っこめ、抱えこんだ。まるで自分が投票した事実を隠そうとするかのように。

ほかの面々は投票したままの姿勢で固まっていた。投票は終わった。次になにが起きるのか。ある程度予想はつくが、それが現実になるとは信じられない――。

橋爪はドアの上のカメラに、全身で訴えた。

「やり直しを提案する。まだゲームをよくわかっていない人がいるから。フェアにやらなきゃ面白くない。こんなの無効でしょう？」

ばちん、と、金属の鞭《むち》でなにかを打ったような音が響いた。

橋爪の身体が急激に、バナナのように反った。そのまま椅子を巻きこんで床に倒れる。

左右の滝と一ノ瀬が大あわてで逃れ、場所を空けた。

橋爪の身体が床で、吊られた魚さながらに痙攣する。口の端から唾液と泡があふれる。彼の目は大きく見開かれている。黒目が上へ、上へと動いていき、とうとう白目しか見えなくなった。

だれもが言葉を失っていた。

柚月は息のやりかたがわからなくなった。酸素が足りない。だが、どうやってそれを取りこめば良いのか。

目の前が暗くなりかけたところで、ようやく肺が自らの役割を思いだし、喉の奥を空気が通り抜けてくれる。

ぽつりと早坂がつぶやいた。

「二票だった」

「え?」

柚月は視線だけを彼のほうへ向けた。

彼はいつの間にか腰を浮かせていた。その腰を再び椅子に沈め、床の橋爪に視線を貼りつけたままで言った。

「俺、あと一票で死んでた」

正宗

吊られそうな気配は皆無だったものの、それでも安堵《あんど》がどっと、波のような勢いで押し寄せてきた。

柚月は生き延びた。

今回の投票では。

胸にたまっていた息を長く吐きだす。

「うれしそうじゃん」

くるみさんが声をかけてきた。モニター越しにいたずらっぽい目で僕を見ている。

「なんで？」

柚月が死ななかったから。

柚月のことを知っているから。

——なんて言えるわけがない。

だけど、否定したら怪しまれるかもしれない。

やっぱり僕は、人狼ゲームには向いていない。感情がすぐに表に出てしまうから。

こういうときは嘘に真実を混ぜるといい、とだれかが言っていたはずだ。

「あーまあ、好みの子が死ななかったんで」

「だれ？」

興味津々といった様子だ。本当は僕になんて興味ないくせに。

僕は手元の資料をめくり、適当な子を選んだ。

「この子です。末吉萌々香」

「あーわかる」

と、なぜか鬼頭が乗っかってきた。

「わかるわー」

「ロリコン」

くるみさんが汚物でも見るような目を鬼頭に向け、吐きだす。

なんとかごまかせたようだ。

柚月

心臓が暴れていた。投票前の比ではない。身体がバラバラに壊れそうだ。

見たくないのに視線をそらせなかった。この場から一ミリでも遠くへ、一秒でも早く離れたいのに、動くことができなかった。それどころか、立っていることができず、元の席にすとんと腰を下ろしてしまう。

　橋爪はふたつ隣の席だ。間には一ノ瀬しかいない。一ノ瀬は自分の椅子を放置し、一メートルほどうしろへ下がっている。そのため白目を剝いた橋爪の顔がまともに柚月の目に飛びこんでくる。

　隣に立つ滝がつぶやいた。

「死んでる」

　無駄な発言だった。だれの目にも明らかだった。

　心春が席を立ち、顎で橋爪のほうを示す。

「どうするの？　それ」

　彼、ではなく、それ、なのだ。その事実に鳥肌が立つ。

　すみれが、かすれた声で提案する。

「どこかに運ぼう」

「だれが？」

　一ノ瀬がたずねる。

「おまえ？」

　すみれが、視線は橋爪に貼りつけたままで首を振る。

滝も、濡《ぬ》れた子犬を思わせる動きで首を振った。

「絶対に無理です」

だれも触れたくないのだ。当然だ。

利己的になりたくない、と柚月は思うが、それでも、自分から「運びます」とは切りだせなかった。

運ぶとしても、どこへ？

早坂が、うわずった声で言った。

「置いとけよ」

「そういうわけにはいかない」

柚月は即座に反論した。

ただたんに気味が悪い、ゲームに集中できなくなる、という理由もあるが、なにより、人はこのような状態で放置されるべきではない、と強く思う。たとえもう息をしていないとしても。

「これは、正しくないよ」

「なんとかするだろ」

早坂が「ほら」と言ってカメラのひとつを目で示す。

「これやってる奴らがよ」

「それは、あるかもしれない」

すみれがパーカーの前を掻きあわせる。

柚月はたずねた。

「なんで？」

すみれが、おそらく無意識のうちに、元から低い声をさらに落とした。

「ここを探索してるときに、一瞬だけ、隣の建物に人影が見えた」

「ほんとに？」

逆に、柚月の声は高くなった。

早坂も興奮し、まくしたてた。

「ラッキーじゃねえか。どこだよ？　助けてもらおうぜ」

「正確には建物の横のあたりかな。私に気づいたら、あわてて角の向こう側に消えた。見られちゃいけないと思ってる感じだったから、たぶん運営側。助けにはならない」

「そんなに近くにいるんだ」

驚きだった。隣と言うべきか裏と言うべきかはわからないが、とにかく、近くに建つもうひとつの建物は完全に無人だと思っていた。

だが、考えてみれば当然かもしれない。不測の事態――参加者が脱走したり、たまたま首輪の装置が機能しなくなったり――が起きた際に、運営側としては、一刻も早く駆けつけたいところだろう。

「だから」

すみれが橋爪に冷たい視線を投げかける。

「こういうのも、あいつらが片付けてくれるのかも」

「こういうのとか、片付けるとか、やめようよ」

言ってから柚月は思いだした。先ほどの投票の際、すみれは橋爪を指さしていた。彼が人狼に違いない、という想いが強いのかもしれない。あるいは、そう信じたいだけか。

澪が眼鏡を外し、曇りがないことを確認して、また掛けなおした。

「表現はどうあれ、待ってみる価値はあります。我々はあくまでプレイヤーですから。会場のメンテナンスや清掃は、我々の仕事ではありません」

「聞いたことある」

滝が急に背筋を伸ばした。

「アメリカの学校だと、生徒は教室の掃除とかまったくしないらしいですよ。廊下とかトイレの掃除も、ぜんぶ業者の仕事だって」

「でも……」

ここは、アメリカではない。そもそも掃除とは次元の違う話だ。

心春が立ちあがった。当たり前と言えば当たり前だが、ひどく顔色が悪い。

「悪いけど、あたしはもう行くから。あんたが片付けたいっていうなら、勝手にやって」

「おう。そうだそうだ！」

早坂がすかさず同調した。

心春は席を離れ、ふらつく足取りで歩いていった。早坂があとに続く。

柚月は残った五人の視線を感じた。皆、心春と同じことを考えているのだろう。

――あんたが片付けたいっていうなら、勝手にやって。

いつの間にか萌々香がすぐそばに立っていた。彼女は柚月の腕にそっと触れた。

「とりあえず毛布はかけましょう。それで、一晩だけ、様子見ません？」

それが妥当なところだろう。だれにとっても。

柚月はうなずいた。

死後硬直はあるのだろうか。思わず皮膚の鈍い弾力を想像し、身震いする。

本当に明朝、死体が消えているのだとしたら、ありがたいと思う。それほど死を意識せずにゲームを続けられる。

ためらわずに人を殺せる。

柚月は目をぎゅっとつむった。

そうだ。忘れちゃいけない。

わたしたちは、たったいま、人を殺したのだ。

WEREWOLF GAME OPERATORS

第二章

一日目（夜）～二日目

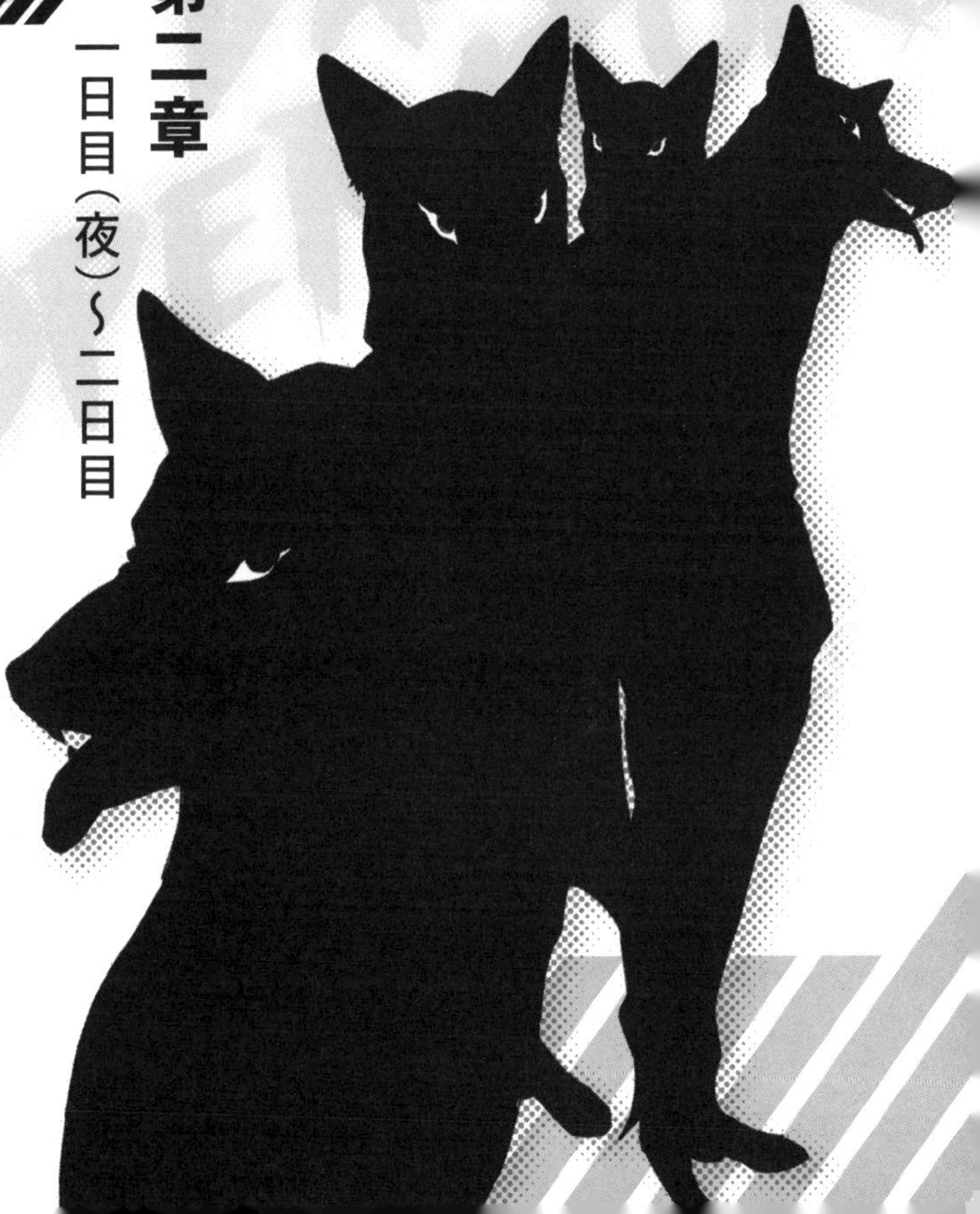

正宗

参加者たちは全員、割り当てられた部屋に入った。

午後十時。

鬼頭がパソコンを操作し、人狼のふたり――一ノ瀬悠輝と佐竹澪――以外の部屋の鍵をかける。施錠の完了を告げる電子音が響くと同時に、監視室の緊張が目に見えて緩んだ。

「うーい」

鬼頭が椅子の上で身を反らせ、頭の上で腕を組むと、背もたれがまた悲鳴のような音を漏らした。

「じゃあ仮眠のローテーション、どうしよっか。人狼の担当は？」

「はーい」

くるみさんに続いて、姫菜も無言ですっと手を挙げた。

鬼頭が身体を前へ戻す。

「まあ初日は見ておきたいわな。なら前半はそのふたりと俺で。琥太郎と正宗は寝てよし」

琥太郎は「了解」と言って席を立った。

僕もうしろへ椅子《いす》を引いた。

姫菜が人形めいた動きで、首から上だけを鬼頭へと向ける。

「担当は？」

僕と琥太郎の担当はだれが引き継ぐのか、という質問だろう。

「えっとね。橋爪が吊《つ》られたから――」

鬼頭は手元の資料に目を落とした。ボールペンでチェックを入れていく。いつ見てもアナログだと思う。

「夏目柚月はくるみ。琥太郎のぶんは、どっちも俺が見るわ」

「ども」

琥太郎が首を突きだすようにして会釈する。

僕はだまって立ちあがった。


いったん自分の部屋に入り、またすぐに飛び出した。少し待つつもりだったけど、できなかった。

琥太郎の部屋をノックする。反応がないのでもう一度、大きく。べつにこそこそする必要はない。シフト後に友人の部屋を訪ねているだけだ。ちょっとした雑談を楽しむために。

なにか飲み物でも持ってくればよかったかもしれない。

ドアが開き、隙間から琥太郎が顔をのぞかせた。口の端に泡がついている。歯を磨いている最中だったらしい。

「おう」

「いまいい？」

「あんまり良くないな」

「やっぱり助けたい」

琥太郎はため息をつき、ドアを大きく開けてくれた。

彼のあとについて中に入った。彼がユニットバスに入って口をゆすぐ間、僕はだまって机の脇に立っていた。

出てきた彼がベッドに座り、椅子を目で示す。

「それで？」

僕はうなずき、椅子を引いて腰を下ろした。息を吸いこみ、頭の中でぐるぐると渦を巻く思考と感情を吐きだす。

「どうやったら助けられると思う？　ただ逃がすのは無理だ。仮にうまくいったとしても、結局はつかまる。やるなら勝たせないと――」

「おいおいおいおいおい」

琥太郎が手のひらを僕へ、続いて床のほうへ向ける。

「落ち着け。いいか？　落ち着け」

　僕は言葉を飲みこみ、うなずき、意識して深呼吸した。

「大丈夫。落ち着いた」

「もう結論出てなかったか？　ぶっちゃけなんもできねえから。仮になんかできたとしても、バレるから。バレたら消されるから。オレたち自身が」

「べつにいいよ」

　これが僕の下した結論だった。

　やっぱり見ていられない。先ほどの投票で、柚月は本当に死んでいたかもしれない。これから始まる人狼の襲撃で、本当に殺されるかもしれない。その可能性は投票で吊られる可能性よりもずっと高い。

　助けるのは難しい？　バレたら消される？

　それがどうした。

「どっちみちもう嫌になってたし。抜けたいって言っても抜けさせてもらえない。それなら最後にちょっとはましなことをして、だめなら死ぬし、もしうまくいったら、そのときはうれしい」

「うれしいってなんだ。子供か。なにが不満だよ」

「そりゃ――」

画面越しに見た橋爪の絶命する姿がパッと頭に浮かんだ。それが引き金になって、過去の、数十人もの犠牲者の姿が次々と現れては消える。

琥太郎も同じようなフラッシュバックを経験したらしく、レモンを囓《かじ》ったときのような顔になった。

「いや、わかるよ。そりゃ不満だよ。やってること最悪だけど、カネはもらえてる。そこは鬼頭のおっさんが正しい。大金もらってんだから」

「いらないって！」

たしかに組織は、金払いだけは良かった。振込日や振込の金額は正確で、逆に気味が悪いぐらいだ。

最初は楽しかった。高いレストランで食事をした。高い靴や服を買った。鞄を買った。旅行もしてみた。でもすぐに飽きてしまった。なにかビジネスを始めてみよう、みたいなことも考えたけど、知識も経験も足りなかった。なにより、定期的にこれに駆りだされる状況では、どんなことにも集中できなかった。

「ぜんぶやるよ。一円残らず。だから助けてよ」

「落ち着けって」

そう、たしかに、琥太郎は正しい。

いまは落ち着くべきだ。柚月を助ける、という結論を変えるつもりはないけど、頭に血がのぼった状態では計画を立てることもできない。

「とにかく助ける」

と僕は繰りかえした。

「オレは、そんなのは偽善だと思う」

「柚月を助けること？」

「そう」

「わかってる。ちょっとはましなことって言ったけど、実際はぜんぜんましじゃない」

本来なら参加者全員を助けるべきだし、組織やこのゲームのことを警察に通報するべきだ。

でも、そこまでする勇気はない。組織からの報復が怖い。連中は僕の両親や親戚にまで手を出すかもしれない。それになにより、仮に通報したところで、本部の連中はあっさり逃げおおせてしまうだろう。

組織は証拠を残していない。現場に関わっているのは基本的に僕みたいな下っ端、具体的なことはなにも知らない捨て駒ばかりだ。

「自己満足のために、彼女を助けたい」

「わかった」

「え？」

手を貸してくれる、ということだろうか。

「違う、そんな目で見んな。おまえはやめろって言っても聞かねえとわかった、って意味だ」

「ああ」

膨らんだ期待が一瞬でしぼんでいく
「手伝う気はねえ。絶対に巻きこむな。ただ、密告はしない。それは約束してやる」

それが精いっぱい。当たり前だ。

僕はなにを期待していたのか。そもそも琥太郎を巻きこもうとするなんて、彼の命まで危険にさらそうとするなんて、いったいなにを考えていたんだ?

彼も本当は組織が憎いのだと、渋りながらも最後は一緒に戦ってくれるのだと、勝手に思いこんでいた。なんて都合のいい考えだろう。

ひとりでやれないなら、最初から組織に逆らおうなんて思うな、という話だ。

僕は椅子から立ちあがった。

「ごめん」

自分で考えなければ。

琥太郎ならどう考えるか、どんな計画を立てるか。

ドアへと向かいながら、気づくと僕はまたしゃべっていた。

「少なくとも全員の役職は伝えるべきだと思う。それだけで有利さがぜんぜん違ってくるから。ただ問題は、どうやって伝えるか――」

「寝ろ！」

琥太郎の声が僕を追いやる。

自分の部屋に戻った。スーツケースから手帳とペンを取りだし、机の上で広げる。

柚月を勝たせる方法。なにも浮かばない。

とりあえずの取っかかりとして、記憶を頼りに、参加者の名前と役職を書いていった。

人狼：一ノ瀬悠輝

人狼：佐竹澪（予言者騙《かた》り）

予言者：天野すみれ

霊媒師：早坂亜由武

用心棒：夏目柚月

村人：滝快斗

村人：秦心春
村人：末吉萌々香
村人：橋爪颯真（吊）

背筋を伸ばして、自分が書いた内容をあらためて俯瞰《ふかん》してみる。

稲妻に打たれたような感覚があった。

これだ。

このリストを柚月に渡すことができれば、村人側が勝利する可能性はぐっと高まる。用心棒である彼女は予言者や霊媒師を確実に守れるし、人狼が吊られるように議論を誘導することだってできるだろう。相当、慎重にやる必要があるだろうけど。

問題は、どうやってこれを渡すかだ。

けっきょくそこへ行き着く。

とりあえず手帳のページを破りとった。それを畳み、ズボンのポケットに忍ばせた。

直接、柚月の部屋へ行くか。

もちろんいまは無理だ。彼女の部屋は姫菜によって監視されている。そうでなくても、このゲームに賭けている連中は自由に、僕たちが運営人が行っているのと同じ要領で監視カメラの映像を切り替え、見ることができる。

そろそろ人狼による襲撃が始まる時刻だ。参加者側の建物、特に廊下は大勢の「うなるほどカネを持った人でなしども」の注目を集めている。

そう、襲撃だ。

柚月が狙われてしまったらどうしよう。用心棒は、自分自身は護衛できない。僕にできることは、彼女が襲われないよう願うことだけだ。

いや、本当にそうか。

いま、なにかひらめいた気がする。そのひらめきを必死でたぐり寄せた。

考えろ。どうやってこのメモを渡すか。

気づくと机に突っ伏していた。夢も見なかった。

あわてて置き時計を引っつかんだ。午前一時三十二分。交代時刻までは三十分もない。

自然と目が覚めたのは奇跡と言っていい。

開いたままの手帳が目に入った。

柚月は無事だろうか。

僕は手帳とペンをスーツケースの中に放りこみ、蓋を乱暴に閉めて、監視室へ向かった。

中に入ると、鬼頭が振り向き、腕時計で時刻を確認した。

「早いね。寝てないの？」

「寝ましたよ」

内心の焦りを必死で隠し、僕は返答した。

人狼はどこを襲ったのか。用心棒による護衛は成功したのか否か。いますぐ知りたい。

僕が席に着くと、自分で調べるまでもなく、斜め向かいのくるみさんが教えてくれた。

「初日は、普通に襲撃成功」

胸の中で心臓が跳ねた。

平静を装ってたずねる。

「だれ？」

「早坂亜由武くん。よかったじゃん、お気に入りの子は無事で」

一瞬ぎょっとした。バレているのか。

いや、そうじゃない。投票による処刑が終わったあとで、僕が自分から口にしたのだ。

お気に入りの子。だれだったか。

「そうすね」

思いだした、末吉萌々香だ。

ともあれ、襲撃された人物は柚月じゃない。早坂亜由武。大柄で粗野な、それでいて
肝っ玉の小さそうな少年。

安心した直後、その意味に気づいて、ハッと息を吸いこんでしまう。

「霊媒だ」

早坂亜由武は霊媒師だった。

「そ。人狼のふたり、勘いいわ」

くるみさんはいまにも鼻歌を歌いだしそうな様子だ。自分が担当している参加者が有利にゲームを運んでいると、たいてい運営人は上機嫌になる。

僕は早坂の部屋を画面に映した。

彼はベッドの上で仰向けになっていた。胸のあたりまでシーツがかけられ、その布地が血で赤黒く染まっている。どうやら熟睡しているところを襲われたらしい。襲撃は、そう難しくはなかったはずだ。

「どっちが決めたんです？　襲撃先。一ノ瀬か佐竹か」

「どっちだっけ？」

くるみさんが隣の姫菜に問いかける。

「佐竹澪が候補を挙げて、一ノ瀬悠輝が選んだ」

「そうなんだ」

勘がいい、どころの話じゃない。早坂はまだ霊媒だと名乗りでていなかったのに。

くるみさんが肩をすくめる。

「なんか持ってる感じではあったもんね。しょうがないわ」

早坂は霊媒師や用心棒などの役職を持っている雰囲気をかもしだしていた、と言いたいのだろう。

本当にそうだろうか。結果を見たあとならなんとでも言える。少なくとも僕が参加者だったなら、早坂のことは、たんに「未経験なのにゲームに放りこまれておびえている少年」としか思わなかっただろう。

「村側が不利だよねえ」

鬼頭はどこか不満そうだ。

「オッズもだいぶ動いたでしょ」

客はどの時点からでも賭けられるけど、当然ながらゲーム開始時に結果を予想し、それを的中させた場合がいちばん配当が大きくなる。この配当率はゲームの進行に合わせて刻々と変化していく。たとえば今夜は村側が不利になる結果だったので、いまから人狼の生存に賭けても、そしてそれが最終的に正解となっても、それほど大きなリターンは得られない。

「おはようございまーす」

声と共にドアが開き、琥太郎が入ってきた。

何事もなかったかのように僕の顔を見てくる。

「順調？」

「霊媒が死んだ」

と僕は伝えた。

彼の目がほんの一瞬だけ真剣な光を帯びた。人狼が有利になった、つまり僕が守ろうとしている柚月の側が不利になった、ということを悟ったのだろう。

「……おう」

彼はそう応じて、自分の席に着いた。

入れ替わりに、くるみさんがさっさと腰を上げる。

「じゃ、上がりまーす」

「はいよ。じゃあ担当は――」

鬼頭が手元のＡ４用紙を持ちあげた。顔から四十センチぐらい遠ざけて目を通す。彼は若作りしているけど、もう老眼が始まっているのかもしれない。

「そうか。正宗と琥太郎、ふたりとも減ったか」

担当している参加者が犠牲になった、という意味だ。

「そうなんすよ」

琥太郎はまったく気にした風もなく言った。心を殺せ、というアドバイスを見事に実践している。

僕もつい最近まではそうだった。

鬼頭のうしろをくるみさんと姫菜が通り、廊下へと出ていく。

「今夜は……正宗は姫菜のぶん、一ノ瀬と天野。琥太郎はくるみと俺のぶん、そのまま頼むわ」

「ええっと」

琥太郎が自分の資料を確認する。

「元からの滝と、佐竹と、秦と、あと末吉。四人すね」

「かな？」

鬼頭は椅子をずらして立ちあがった。目を細めてあくびをする。眠くなって当然の時間帯だ。

僕と琥太郎を見下ろす。

「まじめにやること。オーケー？」

僕たちがうなずくと、鬼頭は自分の部屋へと引きあげていった。

足音が聞こえなくなったことをたしかめ、僕は口を開いた。

「メモを渡そうと思う」

べつにアドバイスをもらいたくて言ったわけじゃない。単なる決意表明のつもりだった。

「まだ言ってんのかよ」

「うん」

「うんじゃねえよ」

彼はなにか言いかけてやめ、ため息をついてから、また口を開いた。

「カメラは？　中は通れねえぞ。客が見てる」

少し意外だった。また「好きにしろ」と突き放されると思っていたのに、琥太郎は僕の計画を真剣に検討してくれているらしい。

けっきょく巻きこんでしまったな、と申し訳ない気持ちになりながらも、僕は、先ほど寝落ちする直前まで考えていたことを口にする。

「だから、外からまわって、窓に貼りつける」

「それならいけるか。いまは……」

彼は自分のパソコンを操作した。各部屋の映像を順番にチェックしていく。

「さすがに一ノ瀬は起きてんな。お、佐竹はもう寝てんぞ。すごいメンタル」

僕も自分のパソコンを操作した。

柚月はシーツを首の下まで引っぱりあげているけど、なんとなく目は開いているように見えた。

萌々香はベッドの上で膝を抱え、泣きじゃくっている。

「全員が寝たら出る」

と僕は宣言した。

琥太郎はため息をつくと、立ちあがり、部屋の隅に置かれたダッフルバッグのほうへ歩み寄った。

「なに？」

「これ」

中から黒い首輪を取りだし、僕のほうへ差しだす。参加者たちが首にはめているのと同じ物だ。バッグの横には使い古されたダンボール箱も置かれている。中には非常時用のスタンガンや工具類、救急箱などが詰めこまれている。

「予備のやつ。作動はするから、緊急のときは教える」

「そっか」

すぐに理解した。僕たちはスマホの携帯を禁じられている。でもこれがあれば、琥太郎は手元のパソコンで電流のオン、オフを切り替え、最低限のメッセージを僕に伝えられる。

でもそれは、彼が直接、僕を手伝うことを意味している。

僕は首輪を受けとり、たずねた。

「いいの？」

「やばくなったら捨てろ。隠せるなら隠せ。オレは知らぬ、存ぜぬを貫くから」

驚いている自分とそうでない自分が両方存在している。僕は心のどこかでこうなることを期待していた。琥太郎は優しい。そのことを僕は知っている。

「巻きこんでごめん」

「カネはよこせよ。貯めてんだろ？」

「いいよ、たぶん三千万ぐらい。もっとあるかも」

彼の、両方の眉が吊りあがった。

「ほんと、ぜんぜん使ってねえじゃん」

僕はこたえず、首輪と、その一部に取りつけられた装置を見下ろした。

「戻れは一回、止まれは二回で」

「装置を思いっきり投げろ、は三回な」

「オッケー」

思わず僕は苦笑した。

琥太郎が首輪のほうへ顎をしゃくる。

「それ、首に巻いてけよ」

「え？」

警告を受けて痙攣《けいれん》した秦心春の姿が、そして処刑された橋爪の弓なりになった姿が頭の中でよみがえった。

「嫌だよ」

「手が空いてたほうがいいだろ」

それは、たしかにそうかもしれない。

僕は判断を保留しつつ、琥太郎に伝えた。

「あと、合図のときは絶対に最弱で。これで死んだら意味ない」

「そりゃそうだ」

彼は軽く笑ってから、ふと思いだしたように訊いてきた。

「メモは？　なに書いた？」

「これ」

ポケットから現物を取りだし、彼に渡した。

「あんまり長いと読みこんじゃうから、とりあえず配役だけ」

「おまえの名前ねえじゃん」

「どうせ覚えてないよ」

「なのに命賭けんの？　哀しすぎんだろ」

「いいから」

彼からメモを引ったくった。

べつに、柚月に感謝されたいからやるわけじゃない。それに、たぶん僕は心のどこかで、こんなことに自分が関わっていると彼女に知られたくない、と思っている。

とことん利己的な人間なのだ、僕は。

「なあ」

琥太郎があらたまった口調で言った。

「霊騙《かた》り、いけんじゃねえか」

「え？」

僕はいまにも部屋を出ようとしていたけど、さすがに立ち止まった。

「霊媒師はもう死んでる。本来なら村側は圧倒的に不利だ。でもその子——」

「夏目柚月」

「柚月ちゃんに役職をぜんぶ教えるなら、霊媒のふりをさせて、不利を解消できるかもしれねえ。配役リストを渡すなら、霊媒の結果を間違えることもねえし。村側にとって、マイナス要素はなんもねえ」

考えてみれば当たり前のことだ。なのに気づけなかった。

僕は長らくこの仕事に関わっているけど、そもそもこの仕事のきっかけを作ったのは僕だけど、人狼ゲームをプレイすること自体は苦手なのだ。性格云々は抜きにしても、根本的に向いていない。

本当に村人側は有利になるだろうか。彼女にとって問題はないだろうか。

たとえば——。

「霊媒を騙ることで、人狼から狙われるかもしれない」

「霊媒は護衛されてると思うだろ」

「そっか」

少なくとも数日は襲撃の対象から外れる可能性が高い。それに、霊媒師だとカミングアウトしておけば、投票の対象にもならないだろう。早坂はもう死んでいるのだから、本物が対抗として出てくることもない。

僕はメモを広げた。手を伸ばし、鬼頭の机からペンを借りて、リストの下に「霊媒を騙れ」と指示を書いた。その下に二重でアンダーラインを引き、メッセージを強調しておく。

柚月は人狼経験者だ。マニアというわけではないけど、意味は伝わるはず。

ついでに、早坂の名前のうしろに（死亡／襲撃）と最新情報を付記しておいた。

少し考え、メモを裏返し、一方の面に「君を助けたい。このメモの存在を誰にも知られるな」と、さらに付け加えた。


メモを貼りつけるための道具については、ちょっとした考えがあった。

僕は監視室と同じ建物にある、施設が閉鎖される前は会議室として使われていたであろう部屋に入った。目当ては片隅に立てかけられた、ロールスクリーンを引き下ろすための棒だ。先端がフック状になっており、長さは一メートル半ほどある。

その棒と監視室で見繕っておいたガムテープを一巻き、そして例の黒い首輪を抱えて、建物の外へ出た。

晩秋の午前三時はかなり寒い。僕はパーカーのジッパーをいちばん上まで引きあげた。やはり森からは虫の音も梟《フクロウ》の鳴き声も聞こえてこない。月が出ているため、少なくとも建物のまわりを歩くぶんには、特に苦労することはなかった。

監視カメラの位置を思い起こした。一部は窓の外も映る角度で設置されている。それらに映りこむわけにはいかない。

基本的に賭けを行っている連中は「いまこの瞬間、参加者を映している監視カメラの映像」を注視しているはずなので、外を歩いていて気づかれることはまずない。とはいえ、モニター越しに深夜の森を見るのが好き、という物好きがいないとも限らない。たまたま窓の前を横切った僕を見かける、ということだってあり得る。もしそんなことになれば、すぐに本部に連絡が行って、鬼頭やその他の連中が駆けつけてきて、僕はあっという間に捉えられてしまう。

細心の注意を払い、参加者側の建物へ近づいていった。廊下の蛍光灯は点いたままだ。

壁に張りつき、身を低くして歩いた。会議室の並びを過ぎ、階段の出っぱりを大きく回りこむ。そこから三部屋目、二階が柚月の部屋だ。真下は空き部屋になっている。並んだ個室のうち、窓から光が漏れている部屋は三つだけだった。

ロミオとジュリエットを彷彿とさせる状況だけど、声を出して呼びかけるわけにはいかない。そんなことをすればほかの部屋の連中を目覚めさせてしまう。そもそも彼女を窓に近づけること自体、避けるべきだろう。いまこの瞬間、彼女の部屋は、間違いなく複数の人間に見られているのだから。

吐き気がした。

彼女の部屋の下に立ち、窓を見上げた。そこに彼女の姿はない。彼女の部屋は照明が消されている。さすがにもう眠っているのだろう。

三秒だけ目を閉じ、湿った空気を吸いこんだ。

目を開けると同時に、息を吐きだす。

自分でも間抜けだと思いながらも、十センチほどに切ったガムテープを、粘着面を外側にして、筒状に丸めた。一方の端を閉じて帽子状にする。それを先ほどの棒の先に被せた。そこへ、僕からのメッセージが隠れないよう注意しつつ、先ほどのメモを貼り付けた。図画工作は昔から得意なのだ。

壁に身を寄せ、腕をいっぱいに伸ばし、棒をできるだけ高く持ちあげた。

ギリギリ届きそうだ。

ガムテープの筒を彼女の窓の、下側の右端に押しつける。棒をすっと下へ抜くと、うまくガムテープとメモだけが窓の外側に残された。

念のため、壁をなでるように棒の先端を動かし、ガムテープをしっかり窓の表面に固定した。大丈夫、メモの表側はちゃんと室内を向いている。

あとは柚月が気づいてくれることを祈るばかりだ。

僕はいったん地面に置いていた首輪を拾いあげた。

その瞬間、強烈な痛みが手のひらに走った。

悲鳴を漏らしかけたけど、歯を食いしばって耐えた。琥太郎が警告してくれたのだ。間違いない。

僕は棒を横向けにし、地面と壁の境目に押しつけた。自分もしゃがみ、壁に背中をぴったりと張りつかせた。

だれかが目を覚ましたのだろうか。

と思う間もなく、頭上で窓の開く音が聞こえた。柚月の、隣の隣の部屋だ。二階なので女性だろう。あそこはだれの部屋だったか。

「私が本物！　本物の予言者！」

すみれが叫んでいた。

ショートカットの、Tシャツ一枚だけを身につけた姿が月に照らしだされている。彼女が下を向けば一巻の終わりだ。僕は見つかり、騒がれ、結果として組織に消される。

すみれの荒い息づかいが夜の静寂を乱している。

ほかの参加者が起きてくる、といった事態にはならかった。

すみれはため息をつき、乱暴な音を立てて窓を閉めた。

僕は詰めていた息を吐きだした。

首輪をそっとなでた。まさか本当にこれに助けられるとは。琥太郎には感謝してもしきれない。

僕は証拠を残さないよう注意しつつ、監視室のある建物へと戻りはじめた。

柚月

音のない世界で人狼ゲームをプレイしていた。

ほかのプレイヤーが柚月を糾弾してくる。必死で反論するが、声は彼らに届かない。やがて無数の指先が自分へと向けられる。首輪に電流が走る。

思考が焼き切れる瞬間に目が覚めた。

じっとりと寝汗をかいていた。しばらく夢と現実の区別がつかなかった。現実自体に現実味がない。

朝の健康的な光が部屋を満たしていた。昨日は意識しなかったが、窓にはカーテンもレースカーテンもかかっていない。外に広がる緑が直接、目を刺激してくる。

その緑が一部だけ四角く切り取られていた。

窓の、柚月から見て左下のあたり。手のひら大の白いなにか。

柚月はシーツと毛布を脇へ寄せた。裸足のまま床に降りた。警戒しつつ窓のほうへ近づく。

ノートの切れ端だろうか。

ガムテープで貼りつけられている。柚月から見える部分に「君を助けたい。このメモの存在を誰にも知られるな」と書かれている。

なにこれ。だれかの策略？

運営側の罠？

とりあえず窓を開けた。なにげなく手を伸ばしかけて、だれにも知られるな、というメッセージをあらためて意識する。うさんくさいが、無視するのも気が引けた。

柚月はカメラの位置を意識し、身体で手元が隠れるようにして、さりげなく紙をつかみとった。片手でくしゃくしゃに丸め、手の中に包みこむ。読めればいいのだ。

しばらく前を向いたままじっとしていた。外の景色を見ながら物思いにふけっている演技。

君を助けたい。
このメモの存在を
誰にも知られる

心の中で三十まで数えてから窓を閉め、焦りが表に出ないよう注意しながらユニットバスへ向かった。

ドアを閉め、洋式トイレの蓋に腰を下ろす。内部に監視カメラがないことをあらためて確認する。

たぶん大丈夫。

握りしめていた紙を開いた。

一目見るなり、それがなんであるかわかった。

それでも自分の目を疑った。頭がくらくらした。ふらつき、壁に手をついて身体を支えた。トイレの蓋に座っていなければ倒れていたかもしれない。

紙には九人の名前と役職が書かれていた。

最後には「霊媒を騙れ」という一文も。

その下にはアンダーラインが二本。

やはり罠だ。そう確信した。

こんなものが、勝敗に直結するような情報が参加者に提供されることなど絶対にあり得ない。

人狼側が仕組んだのだろうか。人狼は夜中の〇時から二時まで自由に動きまわれる。

だがおかしい。この紙は窓の外に貼りつけられていた。たとえ人狼であっても、建物からは出られないはずだ。

では、やはり運営側による策略か。あるいはゲームの勝率の操作か。

それはあるかもしれない。ここに書かれた情報が真実なら――なんてことだろう、いきなり霊媒師がピンポイントで襲撃されてしまうなんて――現状は、村人側は圧倒的に不利だ。それだとゲームがつまらなくなるため、こうした情報を村人側、それも用心棒である柚月に与えたのか。

ただ、それにしては、文体からはずいぶんとナイーヴな印象を受ける。運営側が「君を助けたい」などと書くだろうか。テレビ画面によるルール説明の文体を考えると、ただ素っ気なく役職リストだけを渡してくるほうが自然だ。

それに、もうひとつ。

あり得ないことだが、役職リストやメッセージの筆跡に見覚えがあるような気がするのだ。この建物内で見たのだろうか？　必死で記憶を遡ってみるが、まったく思いだせない。

外からノックの音が聞こえてきた。

驚き、思わず紙を落としかけた。ユニットバスのドアが叩《たた》かれたわけではない。部屋自体の、建物の廊下へと通じているドアのほうだ。

「はい！」

またドアを叩く音。こちらの声が届いていないらしい。

柚月はあらためて紙を広げた。内容を頭に叩きこんだ。

いずれにしても、これは危険だ。

「ちょっと待って！」

音を立てないよう注意しながら紙を細かく千切った。立ちあがって、やはり音を立てずに洋式トイレの蓋を開け、紙をその中に流した。便器の内側に紙片が張りついていないことを確認する。

手を洗ってからユニットバスを出た。

部屋のドアを開ける。

萌々香が気がかりそうな表情を浮かべて立っていた。

「寝てました？」

「ううん。でもちょっと、体調は悪いかも」

嘘《うそ》ではなかった。汗が冷えて気持ち悪い。

「わかります」

「どうしたの？」

「襲撃です」

萌々香の声は、表情に負けず劣らず陰鬱《いんうつ》だった。

柚月は内心の興奮を押し殺してたずねた。

「だれ?」

「早坂くん」

「そうなんだ」

自分の声なのに、他人がしゃべっているように聞こえた。

あの紙に書かれていた内容は真実だった。

早坂亜由武(死亡/襲撃)。

予想したことではあるが、それでも驚きを禁じ得ない。

ほかの情報も正しいのだろうか。襲撃された早坂は霊媒師であり、一ノ瀬と佐竹は人狼、天野すみれは予言者だという情報も。

霊媒師を騙れ、という指示も。


萌々香と一緒に一階へ降りた。彼女自身はもう早坂の死体を確認したという。集まっている面々の中に柚月の姿がないことに気づき、呼びにきてくれたらしい。

部屋の前にはすみれと澪、一ノ瀬の姿があった。この三人もすでに死体を目にしたあとだ、と教えられた。特にすみれは憔悴《しょうすい》しきった様子で床を見つめていた。

澪は柚月と目が合うと、軽くうなずきかけてきた。柚月はうなずきを返した。

本当に彼女が人狼なのだろうか。彼女と一ノ瀬が。

萌々香を外に残し、部屋に入った。

中では滝と心春がベッドを見下ろしていた。ふたりとも柚月と同様、遅れて駆けつけたらしい。

早坂はベッドの上で身を横たえていた。瞼《まぶた》は閉じられている。だれかが下ろしてやったのかもしれない。胸に刃物で刺されたとおぼしき傷口があり、そこからほぼシーツ全体へと血が広がっている。

この死体は、少なくとも今日の夜まではこのままだろう。

それで思いだした。

広間の、橋爪の死体。

運営側は本当に運びだしてくれたのだろうか。

早坂の、胸の傷口を凝視しながら、心春が震える声を漏らす。

「ほんとにやったんだ」

「死体って初めて見た」

滝はベッドからできるだけ距離を取り、壁にぴったりと身を張りつけている。そうすれば死から遠ざかっていられるとでもいうように。

「いや、ひい婆ちゃんの葬式で一回。でもぜんぜん違った。これは、マジでグロい」

「刺したんだ」

柚月の口からそんな言葉がこぼれた。

包丁だろうか。ナイフだろうか。

そういえば部屋には意味ありげなロッカーが置かれていた。人狼だけは解錠番号を教えられており、中に入っている武器を使える、といったところか。

これは一ノ瀬の仕業か。それとも澪か。そもそもあのリストの内容は正しいのか。

心春が、唐突に感情を爆発させる。

「なんでこんなことできんの⁉　クズじゃん！」

「違うよ」

柚月は反射的に指摘していた。

「人狼に選択肢はなかった。やらないと自分が殺される」

昨日の投票と同じだ。

心春がすさまじい形相で振り向き、柚月の胸ぐらをつかんでくる。

「なんだよそれ。人狼の味方か⁉　人狼か⁉　あんたがやったのかよ⁉」

「やってない！　やってないけど、いまは冷静にならないと。こんなふうに殺されないためには、生きて帰るためには、ゲームに勝つしかない」

またリストの内容が頭の中でちらつく。

あれが本当なら、現状は不利だが、それでも、勝てる見込みはまだある。

「結果聞こうよ。予言の結果」

「予言なんか――」

心春はさらに言いつのろうとしたが、言葉を飲みこみ、柚月の服から手を離した。柚月の肩を押しのけ、ドアのほうへ歩いていく。

柚月もそのあとに続いた。

中でのやりとりが聞こえていたのだろう、柚月と顔を合わせるなり、萌々香が質問してくる。

「ここでやります？　結果の確認とか、議論とか」

横目で室内を示した。一刻も早く死体のそばから離れたい、という切実な想いが伝わってくる。

柚月は首を振った。

「いまは、結果の確認だけ」

「そうしましょう」

そう言って澪がすっと腕を上げ、一ノ瀬を指さした。

「彼、一ノ瀬悠輝は、人狼ではありません」

あのリストによると、人狼は澪と一ノ瀬。澪は予言者を騙っており、その彼女はたったいま、一ノ瀬のことを「人狼ではない」と宣言した。

明らかに人狼が人狼をかばっている。

やはり真実なのだ、あのリストの内容は。

一ノ瀬はわざとらしくため息をついている。

「そりゃそうでしょ。なんで占ったよ？　無駄でしょ」

「怪しく見えました」

「馬鹿か」

一ノ瀬と澪の、このやりとりは、ただの茶番だ。自分たちにつながりはない、自分たちは人狼ではない、と示すためのパフォーマンスに過ぎない。

柚月はすみれのほうへ向き直った。

「結果は？」

すみれは心春を指さした。

「村人側だった」

これもリストの内容と矛盾しない。

澪が、さっそくすみれへの攻撃を開始する。

「あなたの占い先、納得できません。怪しむ要素がありましたか？　ちょっとでも脅威となる要素がありましたか？」

「待って！」

柚月は割って入った。

「いったん移動しようよ。そういう話でしょ？」

失礼しました、と澪が言った。


広間に入り、二、三歩進んだところで、全員がほぼ同時に足を止めた。

昨夜との違いは部屋の明るさのみだ。ラックの上にテレビが載せられ、安っぽい椅子が円形に並べられている。

その中央に、橋爪の死体があった。柚月と萌々香とで被せた毛布が人の形に、昨日とまったく同じ形に膨らんでいる。

滝が呆《ほう》けたような顔で言った。

「そのままだ」

一ノ瀬が髪を掻きあげ、舌打ちした。

「だれだよ、運営が片付けてくれる、とか言ったやつ」

「ごめん」

すみれが小声で謝罪する。

柚月は橋爪のほうへ近づいていった。

死体は消えなかった。

運営側はここでの行為をゲーム感覚になどしてくれない。ひとつひとつの選択に、発言に、行動に、痛みを求める。それがわかった。

倒れた椅子の間を通り、橋爪の傍らに屈みこむ。

「ちょっと、柚月さん」

萌々香が気遣わしげな声をかけてくれる。

それを聞き流し、毛布の端を少しだけ持ちあげてみた。

橋爪の肩が見えた。当たり前だ。

こみあげてくる嫌悪感をこらえ、毛布を戻し、その上から橋爪の身体に触れてみる。これも当たり前だが、人としての温度が一切、感じられない。その事実に面食らった。硬さについては、毛布越しのためか、よくわからない。

「硬くなっているはずです」

澪が眼鏡のレンズ越しに橋爪を見下ろす。

「前になにかで読みましたが、死後十二時間ぐらいで完全に固まるらしいです」

「ほっとくと解けるの？」

柚月はゆっくりと手を戻した。自分がいつの間にか息を止めていたことに気づく。

澪が返答する。

「解けますが、数十時間はかかります」

「あの」

萌々香が遠慮がちに手を挙げた。

「やっぱり運びますよね」

「そのほうがいい」

すみれはひどく居心地が悪そうだ。そういえば昨日の深夜、彼女は窓から外に向かって叫んでいた。そのことをいまさら気まずく思っているのかもしれない。

彼女が並んだ椅子を見つめる。

「ここで投票だし」

「だよね」

柚月はうなずき、立ちあがった。

「彼もかわいそうだし、わたしたちもきついし。とりあえず運ぼう」

「どっちが運びやすい、とかあるんですか？　柔らかいのと硬いのと」

萌々香が澪にたずねた。

心春が馬鹿にしたように笑う。

「どっちでもよくない？　なに、柔らかいほうがいいってなったら、待つわけ？」

「待ちません。すみません」

「で、だれが運ぶ？　じゃんけんでもする？」

一ノ瀬がだれにともなくたずねた。

「男でしょ。普通に考えたら」

心春が不機嫌そうに言い放つ。

見ると、萌々香やすみれ、澪も同意見のようだ。

柚月は口を開きかけ、また閉じた。

自分は手伝ってもいい、とは言いだしにくい雰囲気だった。手伝うべきだとは思うが、本音を言えば、もちろん手伝いたくはない。

どうやら反論しても無駄と判断したらしく、一ノ瀬が舌打ちし、並んだ椅子のほうへと近づいてくる。

彼は橋爪の隣で膝をつくと、毛布の位置をずらし、端を橋爪の身体の下側へたくしこみはじめた。顔を上げ、滝に呼びかける。

「おい。男！」

「マジですか」

滝は気乗りしない様子でドアの前を離れ、一ノ瀬の横に並んだ。

柚月はふたりに礼を言った。

「ありがと」

「最悪だよ」

一ノ瀬はそう毒づくと、滝に合図を送り、死体を何度か転がし、毛布で完全に包みこんだ。これで橋爪の顔や身体を直接、見ることなく運搬できるようになった。効率的で献身的な行為。

だがあのリストの内容が正しいならば、一ノ瀬悠輝は人狼なのだ。

これは彼なりの罪滅ぼしだろうか、と考えずにはいられない。


いったん解散になった。

柚月は部屋へ戻り、さっとシャワーを浴びた。汗だくで目覚めて以来、まだ顔も洗っていなかった。

身体を拭いていると、洋式トイレが目に入った。そこに流したリストのことが否応なしに思いだされる。

時間はたっぷりとあった。

部屋を出て屋上へと向かった。日差しは強いが気温はそれほどでもなく、熱い湯でほてった身体に乾いた風が心地よい。

外周をぐるりと歩いてみた。ここにも監視カメラが設置されている。蹴り飛ばしてやりたくなるが、備品を破壊すると死亡、というルールは無視できない。

森に囲まれ、孤立した建物だった。殺人ゲームにはうってつけだ。すみれが運営側の人間を見た、という裏手の建物はひとまわり小さく、こちらの建物よりもやや新しい印象を受けた。それでもくすんだコンクリートは廃墟めいた質感で、かなりの年季を感じさせる。

いまは、少なくとも柚月の位置から見た限りでは、中に人がいるかどうかは判断がつかない。

だが、いるのだろう。あのリストを提供した人物が。

やはり、どうしても意図が理解できない。

柚月は自分の部屋の真上へ移動した。

下をのぞきこんだ。

だれが、どうやってあのリストを貼りつけたのだろう。あの筆跡はだれのものだろう。やはり思いだせない。

ともあれ、内容は真実らしい。

だとしたら、「霊媒を騙れ」という指示も正しいはず。

たしかに本物の霊媒師がすでに襲撃で殺されている以上、そして全員の役職がわかっている以上、柚月が霊媒師のふりをすることは有効かもしれない。

覚悟を決める頃合いだ。

あのリストと、その送り主を信じるか否か。


議論の場所として、滝が玄関ホールの横に設えられたラウンジを提案した。だれも反対しなかった。広間には死体の気配がまだ色濃く残っている。

柚月と一ノ瀬、心春、すみれはソファに座り、それ以外の三人――たった三人！――はその脇に立った。

「さて」

と澪が口火を切る。

「霊媒師の方は、そろそろ出てきていただけ――」

「はい」

澪が最後まで言いきる前に、柚月は手を挙げた。

「わたしが霊媒師」

ためらっている時間はないと判断したのだ。万一人狼が先に霊媒師を騙るようなことになれば、柚月は霊媒師を騙れなくなってしまう。自称霊媒師がふたり現れた場合、必ず一方は人狼なので、たいてい「両方とも投票で吊ってしまえ」という展開になるからだ。

「ほんとかよ」

一ノ瀬は柚月の、突然の宣言に戸惑っているようだ。声にいつもの張りがない。

柚月はうなずいた。

「うん。対抗はいない？」

信じよう、あのリストを。あれを書いてくれた人物を。

柚月は視線を巡らせたが、だれも名乗り出ないことはわかっていた。本物の霊媒師である早坂はもう死んでいるのだから。

滝が声を弾ませる。

「決まりだ！」

「なぜこのタイミングで？」

澪が、柚月を見下ろす位置から訊いてきた。

柚月は全員に向けて、あらかじめ用意しておいた理由を並べていった。

「もう七人しかいないし。自称予言者と、そこから白をもらった人は吊られそうにないから。そうなったら、次は私が投票されるかもしれない。それで、出ることに決めた」

「白をもらう？」

心春が眉をひそめた。言葉の意味がわからなかったらしい。

すかさず萌々香が説明する。

「予言者から『人狼じゃない』と言われる、ということです」

「昨日もだれかが言ってたけど」

と柚月は続けた。

「いまは自称予言者がふたりいる。霊媒師がひとりなら、夜は用心棒に守ってもらえるはず」

「用心棒が生きてれば、だけどな」

一ノ瀬は疑わしげな表情だが、その下には苦い想いが隠されているのだろう。人狼としては、霊媒師の出現は歓迎できない事態だからだ。

柚月は神妙な顔でうなずいた。

「そうだね。最初に吊られた橋爪くん、昨日襲撃された早坂くん、どちらかが用心棒だった場合、わたしは安全じゃない」

「そういう発言があるってことは」

すみれが眉をひそめる。

「橋爪は違ったんだ。人狼じゃなかった」

「そうだよ」

危ない、忘れるところだった。

霊媒師を騙っている以上、「直前に吊られた者が人狼か否かを、能力によって知った」という前提で話をしなければならない。

「彼は村人側だった。つまりこの中には、まだ人狼がふたりいる」

場がしんと静まりかえった。

だれかの唾を飲む音が聞こえたような気がした。

正宗

「夏目柚月は、ほんとは用心棒か。やるなあ」

鬼頭が資料を確認し、柚月を賞賛する。

くるみさんも、さすがに今回は認めざるを得ないらしい。

「勇気あるよね。たまたま本物が死んでたからいいけど、生きてたらどっちも吊られてた」

「そのときは撤回してるでしょう」

声が震えないように気をつけた。柚月が全員の役職を知っていることを、絶対に、だれにも悟られてはならない。

「霊媒が死んでたときの保険で騙ってみたら本当にそうなった、という状況だと思います。内心、相当焦ってると思いますよ」

「いいねいいね」

鬼頭は心底うれしそうだ。

珍しく姫菜も話に加わってきた。

「問題はいつ偽だと告白するか。タイミングを間違えると、信じてもらえなくなる」

「告白ねぇ」

くるみさんが意地の悪い笑みを浮かべる。

「その前に噛《か》まれるんじゃない？」

「少なくとも吊られはしません」

むっとして言いかえし、すぐにいけない、抑えろ、と自分を戒めた。

それにしても、柚月はたいしたものだ。メモの内容と意図をすぐに理解し、堂々と霊媒師を騙っている。

柚月

それからの数時間はあっという間に過ぎた。まずいインスタントラーメンやチョコバー、ゼリー飲料などを口にしたはずだが、ほとんど味も食感も、具体的な商品名も思いだせない。

ひそかに期待していたのだが、リストを書いた人物からの接触はなかった。

リストについてだれかに相談するべきか否か、かなり迷った。たとえば萌々香などは、柚月のことをかなり信頼してくれている。話せば信じてくれる可能性が高い。人狼は一ノ瀬と澪だ、という前提で一緒に議論を、そして投票を行ってくれるかもしれない。

だが、あの紙には「だれにも知られるな」と書かれていた。

柚月は自分の首輪と、その右側に取りつけられている装置に触れてみた。この装置は常にプレイヤーたちの発言や周囲の音声を拾っている。だれかにリストのことを話すということは、その存在について運営や賭けを行っている連中にも知られる、ということでもある。

だめだ、その危険は冒せない。

萌々香を巻きこむわけにもいかない。

柚月は広間に入っていった。

午後七時三十四分。

ほかにはまだ、だれも来ていない。

倒れた椅子を元の位置に戻した。少し考え、橋爪と早坂の椅子を畳み、まとめて壁際に運んだ。ふたつ抜けたぶん、並んだ椅子の隙間を狭くしておく。

どれが自分の椅子かわからなくなった。

昨日と近い位置のものを適当に選び、腰を下ろした。

それから五分も経たないうちに、ほぼ全員が顔を揃えた。

まだ生き残っている全員が。

九人が七人に減ると、途端に部屋が広くなったように感じられる。

一ノ瀬と澪は、さすがに時間をずらして入ってきた。彼らは自分たちが仲間だと、人狼だと周囲に悟られないよう、細心の注意を払っている。

彼らの壁を、どう突き崩すか。

現状、一ノ瀬に投票する理由は――柚月以外の、村人側のプレイヤーには――ほとんどない。

だが澪に投票する理由なら？

なんとかひねり出せそうな気がする。

全員が着席したことを確認し、萌々香が緊張した面持ちで手を挙げた。

「提案があります。いま七人ですよね。これから投票して、ひとりが吊られて、残り六人。夜に人狼の襲撃があって、明日は五人」

一ノ瀬がため息をつく。

「なに当たり前のこと言ってんの」

「用心棒の護衛が成功しないかぎりは、一日につきふたりずつ減っていく計算になります。明日は五人で、明後日は三人。だから、投票できる回数は今日と明日、明後日の、最大三回しかありません。それで必ず決着がつきます」

なんとなく言いたいことは理解できた。

理解できなかった心春が、挑むような口調で問いかける。

「だからなに？」

ひるんだ萌々香の代わりに、柚月はこたえた。

「まだこの中に人狼がふたりいる。三回の投票で二人吊ろうと思ったら、失敗できるのは一回だけ」

「そうなんです。それで」

萌々香が、気を取り直して続ける。

「自称予言者ふたりのうち片方は絶対に人狼なわけだから。もうほとんど失敗できないことを考えたら、今日は――」

「自称予言者から吊っていく、ですか？」

澪が後を引きとって言った。

萌々香は目を伏せてうなずいた。いまから澪またはすみれを吊ろう、どちらかを殺そう、という提案をしたのだ。ふたりと目を合わせられなくても無理はない。

「でも！」

吊り候補にされたすみれが、すぐさま反論する。

「予言者を残しておいたほうが情報が落ちる。明日と明後日で、確実に人狼を吊れる」

「ぜんぜん確実じゃないですよ」

澪の言葉に、すみれが色を失う。まさか自分と同じ立場の人間に反論されるとは思わなかったのだろう。

澪が真面目くさった顔で続ける。

「それに、明後日までは待てません。犠牲者がふたり増えることになります。今夜と明日とで、ゲームを終わらせるべきです」

「それも確実じゃないし。今夜、予言者以外から人狼を吊れたら、明日終わるかもしれない！」

「おれはいいよ」

一ノ瀬がすみれの言葉を遮って言った。

「自称予言者から吊ろう」

良くない流れだ。

考えろ考えろ考えろ。柚月は自分を叱咤《しった》した。ここで澪を吊ることができれば、村人側は現在の不利を逆転できる。どうすれば「どちらが本物の予言者かを知っている」ことを隠しつつ、自分の発言に説得力を持たせられるか。

柚月は、まずは結論から述べた。

「もし予言者に手をつけるなら、わたしは佐竹さんに投票する」

頭の中で、必死で理由を組み立てていく。

「あくまでこの二日間の印象だけど。天野さんは、たとえ人狼を引いたとしても、予言者を騙ったりしないタイプだと思う」

「安直すぎます」

澪がばっさりと切って捨てる。たしかにそのとおりだ。

柚月は別の切り口を考えた。

「それに、自称予言者から吊ろう、という提案が出たときの反応は、天野さんのほうが自然だった。これはただのゲームじゃない。命がかかってるの。投票の対象になんかされたくない、と思うのが普通だよ。でも佐竹さんは、自分からそれを望んだ」

「自分が本物だと知っているからです。議論で負けることはあり得ません」

「それだけ？　人狼だから、もうひとりの人狼は自分に投票しないとわかっているから、自信が持てたんじゃないの？　五票のうち一票は確実だから、あとは議論を誘導すればなんとかなるって」

「五票のうち一票、という数字は、命を賭けるにはあまりにも貧弱です」

澪と柚月は睨みあった。

柚月の向かいで、心春がぽつりとつぶやく。

「どっちか、殺すんだ」

柚月はうなずいた。

「残酷な提案だけど。みんなも早坂くんの死体は見たよね？　佐竹さんともうひとりの人狼は、ああいうことをしたから」

「殺されて当然？」

暗い目でそう訊かれて、柚月は首を振った。

「ルールだから仕方なくやった、というのはわかるよ。だから、わたしたちも、同じことをするしかない」

「ためらいはない、ということですね。いいと思います」

澪はすっとすみれを指さした。

「ただ、読みの部分は間違ってます。早坂くんを殺したのは天野さんと、もうひとりのだれか」

「君は、そう言うしかない」

すみれは爆発しそうな感情を必死で押し殺そうとしている。

一方の澪は、まるでそんなすみれが存在しないかのような態度で、柚月のほうへ向き直った。

「夏目さん、だまされないでください。天野さんは予言者を騙るタイプではない、と言われましたが、人狼は演技をするものです」

くるりと、こんどは心春のほうを向いた。

「あなたも、白を出されたからといって、素直に彼女を信じないでください。人狼は自分の味方を増やさなければ勝てない。そのためには、あらゆることをしてくる」

「そうかも」

心春の心が天秤のように揺れている。見ていてそれがわかった。

すみれが席を立ち、必死に訴えかける。

「信じて。私は本当に結果を教えてもらった！　夜中に、カメラに向かって名前を言うの。人狼ならなにも起きないし、そうでないなら首輪が反応する。君の名前を言ったら、反応した！」

「その情報は」

澪はロボットのような態度で言葉を返していく。

「ネットにも書いてありました。あなたは自分からこのゲームに参加した。当然、そうした内容も確認済みでしょう」

「違う！」

「ねえ」

柚月は立ちあがった。議論の方向を変えなければ。

「どちらかが人狼だとして。ふたりとも、もうひとりの人狼はだれと思う？」

すみれがすとんと椅子に腰を落とす。

「それは、わからない」

「あなたです」

澪は、真横に座る萌々香のほうを向いた。

「え？」

「あなたも自分からこのゲームに参加しました。純真そうに装っていますが、ゲームに慣れていることは発言の端々から伝わってきます。その驚いた表情も、おびえた目も、演技でしょう」

「マジかよ」

滝が萌々香を見つめ、まばたきを繰りかえす。

萌々香自身は、みるみる泣きそうな顔になっていく。

「演技なんか、してません」

「あくまで私の、現在の推測です」

澪は萌々香から目を離そうとしない。

「違っているかもしれません。私が人狼に襲撃されなければ、明日にははっきりするでしょう。ともあれ、今夜の投票先は、偽予言者です。その点は皆さん、間違えないでください」

「信じて」

すみれが首を振ると、短い髪が顎の横で揺れた。

柚月はすみれの視線をとらえ、語りかけた。

「信じるよ。佐竹さんは迷わず萌々香ちゃんを攻撃した。相手が村人かもしれないのに。相手の命がかかってるのに。そんなことができるのは、人狼だけだと思う」

「逆でしょう」

澪が一蹴する。

「人狼は、つまり天野さんはひとりでも多く味方を作りたい。全員にいい顔をしたい。それだけです」

「投票だな」

一ノ瀬が告げた。

そういえば、この議論の間、彼はこれまでに比べると寡黙だった。下手に澪の肩を持つことで仲間だと疑われてはいけない、という判断かもしれない。

柚月も掛け時計を見上げ、時刻を確認した。

たしかに、もう八時だ。いますぐ投票しなくてはならない。

微妙だった。

澪とすみれ、どちらが吊られても不思議ではない。こんな状況で投票に移りたくはない。だが、これ以上は、もうやれることはなさそうだ。

柚月は目を閉じた。

滝が「三、二、一！」と声を張りあげる。

投票すべき相手は決まっている。

柚月は澪のほうへ、叩きつけるようにして指を伸ばした。

目を開けた。

自分の隣から順番に投票先を確認していく。

すみれは澪に。萌々香も澪に。ここまでは想定どおりだ。

澪はすみれに。これも想定どおり。

心春と滝、そして一ノ瀬は、いずれもすみれを指さしていた。

澪に三票。すみれに四票。

すみれがふらりと、糸を引かれた人形のような動きで立ちあがった。

と、ドアのほうへ、野生動物のような勢いで駆けだす。

正宗

「電流‼」

鬼頭の、咆哮《ほうこう》のような声が轟《とどろ》いた。

「やってます」

姫菜が焦りのにじむ声で応答する。

僕は多目的ホールの画像をキープしたままで、別のウィンドウに廊下の映像を呼びだした。すみれが監視カメラの撮影範囲を横切っていく。

「効いてない！」

「あの女、首輪壊してんじゃん⁉」

くるみさんが叫んだ。

鬼頭が机を殴りつける。

「いつよ⁉」

「知るわけないでしょ⁉」

「あくそっ」

鬼頭はゴム製のマスクをわしづかみにして、立ちあがった。

「琥太郎と正宗、スタンガン！」

「取ります！」

僕は椅子を弾くようにして席を立ち、部屋の隅へ走った。

鬼頭がくるみさんと姫菜に指示を飛ばす。

「ほか全員、いったん眠らせて。強めでいい！」

くるみさんと姫菜が無言でうなずき、トラックパッドを操作する。

僕はダンボール箱の中を掻きわけた。スタンガンの入ったビニール袋を見つけた。口を開けることはせずに、そのままつかみとった。

ドアのほうへ走る。琥太郎はすでに彼と僕のマスクを手にし、廊下へと出ている。

デスクの横を駆け抜けるときに、視界の隅にパソコンのモニターが映った。画面の中で柚月たちが次々と痙攣し、倒れていく。

ちくしょう。

鬼頭がボディバッグからトランシーバーを取りだそうとしてつかみそこね、床に落とした。口から濁った怒声が吐きだされる。

彼はトランシーバーを拾いかけてやめた。くるみさんと姫菜に、さらに指示する。

「それ使え！」

鬼頭と僕は、ほぼ同時にドアを抜けた。

これまでにも脱走を試みた参加者はいたけど、投票の直後、というのは初めてのパターンだ。たいていはゲーム開始直後か、深夜から早朝にかけて。「あらかじめ首輪に細工した上で投票に臨む」なんて普通は考えつかない。

そもそもここ数回は脱走の試み自体、一度も起きていなかった。そのため僕たち運営側も気が緩んでいたと思う。

これまでに脱走が成功したことはない。もし成功すれば、もちろん鬼頭は責任を問われる。僕たちもただではすまない。琥太郎も言っていたことだけど、ここでは命がタンポポの綿毛ぐらい軽い。

だから、死に物狂いで走った。

まだ死ねない。せっかくメモを柚月に渡せたのだ。今回の投票はうまくいかなかったけど、ますます村人側が不利になってしまったけど、だからこそ、僕にできることがまだなにかあるはずなのだ。

すみれが脱走したためにゲーム自体が無効、参加者は全員処刑、みたいな結果だって、絶対にないとは言えない。本部がどんな判断を下すかなんてわかったもんじゃない。

走りながら琥太郎からマスクを受けとった。酸欠になりかけながらそれを被った。

建物から飛びだす。その頃には身体が温まり、外の寒さを感じなくなっている。鬼頭が歩調を緩め、トランシーバーを耳に押しつけた。あらかじめボディバッグに複数、入れていたのだろう。

「どっち⁉」

夜八時。山奥の廃業した保養施設。

僕たちの声と息づかい以外に音はない。おかげで、トランシーバーの受話口から漏れるくるみさんの声がはっきりと聞こえた。

「正面玄関。もう着く！」

「正宗、そっちまわれ！」

個室があるほうの棟を指さし、鬼頭が唾を飛ばす。僕はすぐに意図を理解した。僕だけは、正面玄関へ向かうには遠まわりになるけど、うまくいけば挟み撃ちにできるかもしれない。

無言で走りだした。

「来い！」

背後では鬼頭が琥太郎に命じている。

建物内部の様子を思い描く。実際に何度も歩いているのに、なぜか監視カメラ越しの映像ばかりが頭に浮かんでくる。

投票場所である多目的ホールは二階のやや奥まった場所に位置している。すみれは通路を抜け、転ばないよう注意して階段を降り、迷うことなく玄関ホールへ向かっていることだろう。彼女は、逃走経路についてはこれまでに何度も思い描いてきたはずだ。あらかじめ計画していなければ、装置に細工なんかしない。

もっと早く逃げなかった理由は、やはり賞金が惜しかったからか。勝てる可能性があるうちはゲームに残る、負けると判断した時点で逃げる——たしかに、合理的な判断だと思う。

彼女が透明のガラスドアを押して外へ出るのと、鬼頭たちが建物の正面側へ出るのは、ほぼ同じタイミングかもしれない。となると、彼女はどちらへ逃げるか。公道へ出るか、駐車場を突っ切って森に入ろうとするか。

僕は等間隔に並んだ窓の横を走った。昨日の深夜に息を殺して、足音に注意しながら歩いた場所。そのときの光景が自然とよみがえってくる。

僕は思わず柚月の部屋の窓を見上げた。もちろんガムテープもメモも剝がされている。

建物の端に着いた。

速度を緩めることなく、弧を描くようにして角を曲がる。

その瞬間、なにかと激突した。顔面と胸と腕に強烈な痛みが走った。

甲高い悲鳴が沈黙を切り裂いた。

僕は弾かれ、よろめき、倒れる寸前でうしろへ足を出した。

顔面を押さえる。大丈夫、血は出ていない。

まばたきを繰りかえし、頭を振った。

すぐに目の焦点が合った。二メートルほど前方にだれかが仰向けに倒れている。

考えるまでもない、天野すみれだ。

彼女はさっと上体を起こした。僕と目が合う。

ショートカットの凛々しい顔立ち。まるで少年のようだ。ボーダーTシャツにマウンテンパーカー、下はスキニージーンズ、というやはり少年のような服装。月明かりを映す瞳には、恐怖も憎しみも浮かんではいない。口から哀願の言葉が出てくるわけでもない。彼女はただ僕の、次の挙動に全神経を集中させている。

その瞬間、僕は悟った。

彼女は僕のことを、意思のある人間だとは認識していない。コンピューターゲームの、プログラムされた敵キャラみたいな存在だと思っている。

それが普通の反応だろう。こちらはこんな、馬鹿みたいなマスクで顔をすっぽり覆っているのだから。

すみれの筋肉がわずかに緊張した。動くつもりなのだ。

と、建物の向こう側から、重たい足音が近づいてきた。アメリカ大統領ともう一匹の狼

が出現する。
背後からの足音と僕の視線とに気づき、すみれは立ちあがりながら振りかえった。
そのときにはもう鬼頭が迫っていた。
鬼頭は足を振り抜き、中腰になっていたすみれの腹をまともに蹴りつけた。
「ちょっと！」
思わず僕は手を伸ばした。
届くわけがない。
すみれが吹っ飛ばされ、僕の真横に転がった。
鬼頭が容赦なく距離を詰める。すみれの脇腹に何度も、思い切りつま先を叩きこむ。
すみれが悲鳴を上げて頭を抱え、身を丸める。
鬼頭はさらに彼女の背中を、脇腹を、狂ったように踏みつけた。
僕は、こんどこそ鬼頭の腕を引いた。
「鬼頭さん！」
彼が動きを止め、肩を上下させながらすみれを見下ろす。
「名前呼ぶなよ。偽名だけど」
荒い息の合間に、やけに冷めた、静かな声で言った。
その下ではすみれが死んだ蛙みたいな格好で這《は》いつくばり、アスファルトに両手を伸ばしている。

鬼頭は僕の手を払うと、ポケットからスタンガンを取りだした。出力を最大に合わせ、先端をすみれの首筋に触れさせる。

冷たさに驚いたのか、またすみれの動きが激しくなる。

鋭い音が響くや、彼女の身体がびくんと跳ねた。

そして、こんどこそ動かなくなった。

聞こえるのは三人の呼吸の音だけになった。その速度が次第に落ち着いていく。

大統領のマスクの鼻に空いた穴から、息が湯気となって立ちのぼっていた。

鬼頭が琥太郎に指示した。

「新しい首輪、取ってきて」

琥太郎は返事をしなかった。ゴム製の狼が無言ですみれを見下ろしていた。

「おい！」

「はい？」

狼がようやく大統領のほうを向いた。

「新しい首輪、こいつに」

「ああ、すみません」

彼はなかなかすみれから視線を外せない様子で、ためらいがちに去っていった。

鬼頭はすみれの頭の側へまわった。両脇の下に腕を入れ、ぐっと持ちあげる。

「そっち持って」

僕は素直に従った。彼女の足首に手をまわす。やや筋肉質な印象。まだ暖かく、かすかに脈動を感じる。気絶しているだけだ。

「どうするんです？」

僕はたずねた。

鬼頭は「ホール」とだけこたえた。


すみれの身体を多目的ホールへと運びこんだ。

七つの椅子は大半が倒され、もはや円形に並んでいるとは言えない。それらの間に参加者たちが、様々な格好で倒れていた。

僕は柚月のほうをあまり見ないよう注意しつつ、鬼頭のあとについて進んだ。

彼の合図に従い、すみれの身体を参加者たちの中央に、仰向けに横たえた。

ほどなくして、手に首輪を持った琥太郎が入ってきた。

三人ともマスクはつけたままだ。いまこの瞬間も、監視カメラの映像は、賭けを行っている連中に向けて発信されている。わざわざ素顔を公開する必要はない。

「巻いて」

鬼頭が冷たく命じた。

琥太郎は無言ですみれの、細工されているほうの首輪を外し、いま持ってきたものにつけかえた。

僕は気づいた。この首輪は、まさに昨日、僕が柚月の部屋へ行くときに持ちだしたものだ。

琥太郎が首輪をロックした。

鬼頭が監視カメラを見上げ、立てた親指を振り、首を切る仕草をしてみせた。くるみさんと姫菜に、電流を流すよう指示したのだ。

装置が正常に作動することはわかっている。

また恐ろしげな音が響き、すみれの身体が弓なりになった。すぐに弛緩し、背中が床に当たるドン、という鈍い音が広い空間に響き渡った。

終わった。

すみれは短い期間に二度も痙攣させられる羽目になった。

三度目はない。これが最後だ。

うつろな目が天井を見上げていた。

電流でいったん気絶させ、別の場所へ運び、また電流で殺害する。それはひどく冒瀆《ぼうとく》的な行為だ。

鬼頭はすみれの首に指を当てた。脈がないことを確認し、ようやく身体を起こした。

「決まりだからな。ルールはルール」

すみれは最多票を集めた、だからここで殺した、と言いたいのだろうか。それよりは、逃亡を試みたことに対する見せしめの色が濃いような気がする。

すみれと柚月の姿を比べずにはいられなかった。立場が逆になっていたとしても不思議はない。

「どうした？　初めてでもねえだろ」

アメリカ大統領がこちらの顔をのぞきこんでくる。

僕はあわてて顔を上げた。

「ちょっと久しぶりだったんで。すみません」

「おまえも。しっかりしてくれよ」

鬼頭の言葉に、琥太郎は小刻みにうなずいた。そういえば、彼はしばらく言葉を発していない。

この場の惨状をあらためて見渡し、鬼頭は歯の間から息を吐きだした。

「また怒られるわ」

「まあトラブルはあったけどね。ちゃんと対処できたし、切り替えていきましょう」

監視室へ戻ると、鬼頭はマスクをデスクの上へ投げだし、勢いよく椅子に腰を下ろした。無造作に置かれていた資料を持ちあげ、目を通す。

「今夜の担当。前半はくるみ、正宗、あと俺。くるみは滝を引き継ぎ。正宗は一ノ瀬を引き継ぎ。俺はそのまま末吉萌々香ちゃん。オーケー?」

投げやりな口調だけど、指示の内容は的確だった。僕がふたり、くるみさんが三人、鬼頭はひとりだけを監視する。やや不公平ではあるけど、監督役の彼が自分の負担を減らしておく、という判断は理にかなっている。

「オーケーす」

と琥太郎が言った。マスクの下から表れた彼の顔は、ふだんよりもずっと青ざめて見えた。

たしかに、目の前で人が死んだのは、この数か月で初めてかもしれない。僕たちは画面越しの死にしか慣れていなかった。

僕と姫菜は、了解した旨を鬼頭に目で伝えた。

逆にくるみさんは、鬼頭とは目を合わせずに、「はいはい」と声だけで返した。さすがの彼女も軽口を叩く余裕はなさそうだ。

琥太郎と姫菜が部屋を出ていく。

柚月

だれかの泣き声で目覚めた。

見覚えのある光景だった。床に手足を投げだした高校生たち。首に取りつけられた装置。

一瞬、初日に時間が巻きもどされたのかと思った。だがすぐに違和感を覚える。光線の具合がまったく違っている。

あのときは昼で、いまは夜だ。蛍光灯の青ざめた明かりが皆を照らしている。

柚月は記憶をたぐり寄せながら上体を起こしていった。

すみれが最多票を集めて、逃げて、そして――。

電流による痛みは暴力的で、悲鳴をあげるよりも先に意識が暗転した。

目だけを動かして壁の時計を見てみる。時刻は八時二十分。気を失っていた時間は、せいぜい十分といったところだ。

泣き声は続いている。てっきり萌々香だと思ったら、心春だった。彼女は床に座ったまま椅子にしがみつき、座面に顔を押しつけ、涙と鼻水を流していた。

その手前にすみれが横たわっていた。瞼が開いたままだ。まばたきをする気配はない。

運営側はわざわざ彼女をここへ運んできたのだ。

柚月はすみれのほうへ這っていき、目を閉じてやった。彼女の皮膚はまだ温かかった。

ふがいなかった。

救えたかもしれないのに。明日でゲームを終わらせられたかもしれないのに。すみれが本物だと、柚月だけは知っていたのに。

その後は、また一ノ瀬と滝が犠牲者を部屋へ運んだ。

犠牲者。

柚月はその言葉の存在に感謝した。死者や死体、遺体といった言葉よりも、生々しさが薄い。口にしたり、思い浮かべたりしたとき、より死から遠ざかっていられる。


午後十時が近づき、生存者たちはそれぞれの部屋へと分かれていった。

柚月も自分の部屋に入った。

机の上の置き時計と、その下に敷かれた封筒が目にとまった。今朝、シャワーを浴びるときに置いておいたのだ。そのまま回収することを忘れていた。

なんとなく封筒を手にとり、中のカードを抜きだす。一方の面には用心棒のシルエットと役職名、能力の説明が書かれている。

一瞬、これを表向きのままどこかに置いておけば、それを見た者を失格にできるのではないか、と考えた。

初日の説明が思いだされる。テレビ画面には他人のカードを見てはいけない、自分のカードを見せてもいけない、といったことが書かれていた。

たとえばこのカードを広間に置いておけば——さすがに「自分のカードを見せてはいけない」に違反するだろう。だがたとえばここに、ただ置き忘れただけ、といった体で、表向きのまま残しておけば？　それをたまたまだれかが見てしまった場合は？

柚月はあえてカードを封筒に、中途半端に差しこみ、表面が半分だけ露出する形で机に置いてみた。全体を見ることはできないが、用心棒のカードであることはわかる。

監視カメラの目が気になった。

だめだ、こんなリスクは冒せない。たとえ運営側が見逃してくれたとしても、これをたまたま人狼だけが見る、という状況を作れるとはかぎらない。

柚月は首を振り、カードを封筒の中にしっかりと収めた。置き時計を持ちあげ、あらためて封筒をその下に滑りこませる。わざわざ持ち歩く必要はないし、そもそも夜は部屋から出ることが禁じられている。

そう思って時計を見ると、いつの間にか十時を過ぎていた。

用心棒の能力については確認するまでもない。もう暗記している。午後十時～午前〇時の間に、カメラに向かって護衛の対象を宣言すること。

昨夜とは異なり、今夜は多くの判断材料があった。それだけに迷う。

萌々香は柚月と共に、澪に投票していた。そんな彼女を人狼側は襲撃するだろうか。あまりにもあからさますぎる。

やはり、すみれに投票した滝か心春、このあたりを襲撃するのではないか。

すみれは本物の予言者だった。彼女が「村人側」と宣言した相手は秦心春だった。

自分に白を出した自称予言者に投票する、という心春の行為は、さすがに人狼の行為には見えない。つまりこの先、心春が投票で吊られる可能性はかなり低い。

柚月自身が襲撃される可能性については、考えるだけ無駄だ。用心棒は自分を護衛対象に指定できない。

よし、決めた。

柚月は身体ごと監視カメラのほうへ向きなおった。間違いがないよう一語一語、はっきりと口に出していく。

「護衛の対象。秦心春」

正宗

「ふーん。そっちなんだ」

くるみさんは柚月の宣言を聞き、そう感想を漏らした。それ以上のコメントはなかった。監視に集中しているのだ。

午後十時から午前二時までは護衛対象や予言対象の宣言、人狼による襲撃があるため、運営側は常に気を引き締めておく必要がある。天野すみれによる脱走の試みがあったあとではなおさらだ。

鬼頭は明らかに不機嫌で、部屋の空気もピリピリとしていた。

いったん護衛対象を宣言をしたあとは、用心棒にできることはもうなにもない。柚月は腹をくくったらしく、シャワーを浴びて、Tシャツだけを身につけ、シーツの下にもぐりこんだ。

午前〇時。

僕は一ノ瀬と澪の部屋の映像をモニターに映した。鬼頭やくるみさんも同じだろう。音声のチャネルは一ノ瀬の首輪のマイクに合わせておく。

片耳に差したイヤフォンから、彼の息づかいの音が聞こえてくる。規則正しく、落ち着いたリズム。これから人を殺そうとしているとはとても思えない。本部は人狼に最適な人材を選んだ、ということか。

一ノ瀬と澪はあらかじめロッカーから大型ナイフを取りだしていた。それを片手に、ほぼ同時に部屋を出ていく。

僕は人狼ふたりの動きに合わせ、映像を廊下、階段、踊り場、と切りかえていった。今夜も建物内の照明は点けっぱなしだ。消そうとする参加者がいなかったからだろう。おかげで人狼たちの表情をしっかりと観察できた。

ふたりが玄関ホール前のラウンジで落ちあう。

目を合わせるなり、一ノ瀬は「夏目柚月。一択でしょ」と主張した。今夜の襲撃対象は柚月にしよう、という意味だ。

心臓をぎゅっとつかまれたような感覚。一瞬で喉がカラカラになった。

用心棒は、自分で自分を護衛できない。襲撃先に選ばれたら終わりだ。

澪が小さく首を振った。

「それは、あり得ません」

胸の息苦しさがふっと緩んだ。

僕はゆっくりと空気を吸い、脳へ酸素を送りこみ、また息を吐きだした。

画面の中で一ノ瀬がナイフを持ちあげ、鞘《さや》に包まれた部分で手のひらを叩く。

「なんでだよ。どう考えても霊媒だろ？　もしあいつが生きてたら、吊られた天野は白だったって言われちまう。そうなりゃもうひとりの自称予言者、おまえが黒だってバレる。まずいっしょ」

「だからこそ、彼女は護衛されているはずです」

「用心棒なんかもういねえって！」

「いるかもしれません」

そう、実際にいる。でも用心棒の柚月は霊媒師のふりをしている。

澪が、一ノ瀬が手にしたナイフを見つめる。

「もし今晩の護衛に成功したら、用心棒は必ず名乗りでるでしょう。自分が霊媒師を守った、と宣言するでしょう。そうなった場合、霊媒は偽物だ、と主張しても絶対に、だれからも信じてもらえません。私の黒が確定する」

「そんときゃおれが用心棒だって言うじゃん」

「霊媒以外を守った、と宣言して、信用されると思いますか？」

「させるって！」

「私なら信用しません」

「ならどうするよ⁉」

一ノ瀬が澪に詰め寄る。

「彼女以外の相手を襲撃します。私に否定的な相手」

生存者の顔や言動を順番に思い浮かべたのだろう、しばらく経ってから、ようやく一ノ瀬は言った。

「末吉萌々香」

僕の隣で鬼頭が長く、音を立てて息を吸った。冷静さを保とうと努めているようだ。そういえば彼は、末吉萌々香がお気に入りだと公言していた。

萌々香はたしかに良い子だ。たった二日間のことだけど、柚月とも友情らしきものを育んでいたと思う。

だけど、柚月の護衛先は心春なのだ。萌々香を守る術はない。明日は、柚月は悲嘆に暮れることになる。

それだけじゃない。

このままではまた村人がひとり減ってしまう。柚月の勝利が、生存が遠のいてしまう。

僕は思わずデスクを殴りつけていた。かまうもんか。僕のお気に入りは萌々香だ、ということになっている。

モニターの中で、澪が言った。

「明日は、夏目柚月に黒出しします」

「なんで？」

「彼女は霊媒ではなかった、乗っ取りだった、だから襲撃されなかった、そう主張します」

「なるほど」

　一ノ瀬はナイフの鞘を払った。刃の角度を変え、蛍光灯の光を反射させる。澪が話した計画について、頭の中で検討しているのだろう。

「秦と滝は信じるかもな。元もとおまえ寄りだし」

　彼は刃を鞘に戻し、また手のひらを叩きはじめた。

「いいよ。わかった」

「では、行きましょう」

　澪はくるりときびすを返した。


　僕はまた一ノ瀬と澪の動きに合わせ、手元のモニターの映像を切りかえていった。玄関ホールから階段へ、踊り場へ、二階へと続く階段へ。そして二階の廊下その一、その二へ。

　二匹の人狼は、萌々香の部屋の前で立ちどまった。

　澪が自分のナイフから鞘を払う。

「公平にいきましょう」

　一ノ瀬が肩をすくめ、一歩、扉から下がった。

最初は意味がわからなかった。でもすぐに思いだした。

昨夜は一ノ瀬が早坂を殺したという。殺人はタフな仕事だ。たぶん。僕自身は、直接は経験がないけど。ともあれ、今夜は自分が担当する、と澪が申し出て、それを一ノ瀬が受け入れた、という構図らしい。

僕は萌々香の部屋の映像を呼びだした。左側のウィンドウに室内の映像を、右側にドアの前の映像を配置する。

気づくと左の拳《こぶし》を握りしめていた。

萌々香は服も着替えず、いらいらと部屋の中を行ったり来たりしていた。

澪が無造作にドアを開け放つ。

萌々香が足を止め、振りかえった。すぐに澪と一ノ瀬の姿を認め、肩を震わせる。

「やっぱりそうだ……そうだと思った！」

「悪いな」

言葉とは裏腹に、一ノ瀬がまったく悪びれずに言う。

すぐに襲うものとばかり思っていたけど、澪は動かなかった。ナイフの刃をだらりと垂らし、無言で萌々香のほうを見つめている。

萌々香が両手で椅子の背をつかみ、本体を振りあげた。

「おいおい……」

一ノ瀬が廊下の壁際まで後退する。

萌々香がなにか叫んだ。澪のほうへと突進し、倒れこむようにして椅子を振りおろす。

澪は頭を割られる寸前で横へ、扉の陰へ身をかわした。

空振りし、萌々香が椅子ごと廊下へ転がりでる。

一ノ瀬が、さらに距離を取りながら叫んだ。

「おい運営！」

そうだ、これは運営側が対処すべき事態だ。人狼による襲撃は、対象が用心棒に護衛されていないかぎりは、必ず成功しなくてはならない。襲撃された参加者による抵抗は首輪の装置によって封じられる。それが決まりだ。

「鬼頭さん？」

萌々香の担当は彼だ。

見ると、彼は苦り切った表情で画面をにらんでいた。

「るせえな。……くそっ」

彼はようやくトラックパッドに指を置いた。

画面の中では萌々香が身を起こしている。

一ノ瀬が彼女のほうへナイフの刃を向けている。

「おい、おかしくねえか？　昨日は……おわっ」

萌々香が椅子を投げつけた。

一ノ瀬が腕を交差させ、自らの顔を守る。

その間に、萌々香は廊下を駆けはじめている。人狼の襲撃から逃れるつもりなのだ。

だけど、彼女が階段まで到達することはなかった。

鬼頭がとうとう首輪に電流を流したから。

いつもの鋭い音が響いた。イヤホン越しでも背筋が凍りつく。

萌々香は全力疾走の最中に痙攣し、足をもつれさせて転び、顔面をまともに床で打った。

悲鳴は漏れない。むしろ通電によって気を失い、倒れた衝撃でまた意識を取りもどしたように見える。

荒く息をつきながら、這って階段のほうへ身を進めていく。

「やっとかよ」

一ノ瀬と澪が萌々香を見下ろしながら、ゆっくりと距離を縮める。

もう終わりだ。

萌々香が階段の真上まで到達した。そのまま転がって逃げようとしたけど、さすがにそれは鬼頭が許さなかった。また首輪の装置に電流が走り、彼女の身体が震え、硬直する。

そこへ、人狼のふたりが悠々と近づいてくる。

「そゆこと」

一ノ瀬が監視カメラを見上げる。彼からはこちらが見えていないはずなのに、まともに目が合ったような気がした。

「運営、ちゃんとやれよ」

澪がナイフを振りあげた。萌々香の背中をまたぎ、その中心へ、一切の迷いなく突き立てる。

萌々香の身体がまた痙攣したけど、今回は、電流が原因じゃない。

澪はナイフを萌々香の背中に残したままで、柄から手を離し、顔を上げた。

「ちょっと見ておいてください」

「あん？」

一ノ瀬が眉をひそめるけど、澪は気にせず廊下を引きかえしていった。

わけがわからない。

澪があらためて萌々香の部屋に入る。

僕は室内を映したウィンドウへ視線を移動させた。

澪はユニットバスから未使用のバスタオルを回収すると、また萌々香の前へと戻ってきた。筒状に丸めたバスタオルを背中の傷口に、ナイフの刃を包むようにして押しつける。

「返り血を浴びたくないので」

彼女はそう言うと、またナイフの柄を握り、刺さったままの刃を上下左右へと動かしはじめた。ナイフに巻かれたバスタオルの表面にじわり、じわりと赤い色がにじんでいく。

萌々香の内部が破壊されていく。


「くそおおおおっ！」

鬼頭は拳を机に叩きつけた。何度も何度も、不必要と思えるほどに。先ほどの僕の比じゃない。

「なに？」

くるみさんはそれを気味悪そうにながめて、僕と顔を見合わせた。

「好みとは言ってたけど。そんなに？　ねえ、おじさん」

彼女が呼びかけると、鬼頭はようやく動きを止め、大きく息を吸いこんだ。画面を見つめたままで、ためた息を吐きだす。

「たまにな、こういう発散が必要なんだよ。首輪は外されるし。好みの子は死ぬし。最悪だよ」

「はあ」

くるみさんは「理解できない」と言いたげだ。

いま見たような感情の発露は意外だけど、鬼頭もいろいろストレスがたまってるんだろ

うな、とは思う。中間管理職の悲哀みたいなものを、たまに、彼から感じなくもない。

鬼頭は最後にもう一回だけ、こんどは両方の手のひらを机の天板に叩きつけると、酔っぱらいみたいな動きで立ちあがった。

「先に寝るわ。今日はもうなんもないっしょ」

「そうですね」

僕は視界の端でモニターを確認した。画面の中では人狼ふたりが死体と凶器をそのまま放置し、それぞれの部屋へ引きあげつつある。鬼頭の担当は萌々香だけなので、彼女が殺された以上、引き継ぎの必要もない。

彼の背中に声をかけた。

「お疲れさまです」

「おやすみ」

くるみさんも挨拶をしたけど、鬼頭は応えず、後ろ手でドアを閉めた。

また部屋に沈黙が降りた。

くるみさんがモニター越しに目を合わせてくる。

「お茶淹《い》れる？」

くるみさんが給湯室でコーヒーを淹れてきてくれた。一杯ぶんずつ粉とペーパーフィルターがセットになっている代物だ。インスタントではないけど、あまりおいしいとは思わなかった。

くるみさんは電子煙草を吸いはじめた。監視室は禁煙のはずだけど、副流煙が出なければいい、という解釈なのかもしれない。

彼女は煙だか水蒸気だか知らないけど、とにかく煙に見えるものを吐きだした。これも副流煙に分類されるのでは？　と思わずにはいられない。

「暇だね」

「いいことじゃないですか」

天野すみれが逃げたときのような騒ぎは、もう二度とごめんだった。

午前一時。

参加者はひとりを除く全員が眠りについていた。例外は柚月だ。彼女だけはシーツの中で縮こまり、いまだに肩を震わせている。マイクの音を拾ってみると、すすり泣く声が聞こえてきた。

彼女は気づいているのだ、萌々香が殺されたことに。二階の廊下であれだけの大乱闘が起きていたのだから、気づかないほうがおかしい。

僕はいたたまれなくなって、イヤホンを外した。

くるみさんからの視線を感じた。柚月を生かすための方法を考えたいけど、どうも落ち着かない。

「ねえ。ふたりきりって初めてじゃない？」

「そうですか？」

彼女がそうだと言うならそうなのだろう。

くるみさんは美人ではあるけど、不思議と異性として意識したことはなかった。彼女のほうが僕を意識していない、ということが一目瞭然だからかもしれない。具体的な年齢を聞いたことはないけど、彼女はたぶん僕よりも少し年上で、明らかに男慣れした雰囲気だ。

僕は自分のモニターに目を落とした。柚月の部屋を大写しにしているけど、くるみさんの位置からは見えていないはずだ。

柚月が襲撃されなくて良かった。それだけが救いだった。

「前から友だちなんでしょ。あんたと琥太郎」

くるみさんはよほど退屈しているらしい。

仕方なく僕はこたえた。

「友だちっていうか、元同級生です」

「ふたりが始めたんだよね。これ」

こんな突っこんだ話をするのは初めてだ。

僕は画面から顔を上げた。

逆にくるみさんはモニターに目を落とし、空いた手でトラックパッドをもてあそんでいる。

「鬼頭から軽く聞いた。最初はあんたたちが始めて、鬼頭の会社が買いとったって」

会社、というのはずいぶんとマイルドな表現だ。

「始めたっていうか、ただの真似ですよ。こういう――」

なんと表現するべきだろう。

「やばい人狼ゲームの噂《うわさ》は前々からあった。それを参考にして、遠隔で賭けを行うシステムを作ったんです」

記憶と後悔が押し寄せてくる。

あれはまだ大学在学中のことだ。「命がけの人狼ゲーム」の噂自体は聞いたことがあった。でも噂は噂だった。

あるとき、「でもちょっとだけ体験してみたいよね。本当にあったら面白いよね」みたいな話になった。それで、希望者は監視カメラのある部屋で丸一日かけて人狼をプレイできる、ネット中継を見ている人間は日本全国どこからでも賭けを行える、というシステムを構築した。人が死んだりしないとはいえ、賭けは賭けだ。もちろん非合法だった。でも、すぐに知る人ぞ知るサービスになった。

「頭いい！」

「たまたまそういう学科だっただけです」

たしかに成績は良かった。真面目な優等生だったのだ、僕は。

くるみさんは煙草を吸いおえたらしく、未来の万年筆みたいな代物をケースに収納した。

「ね、敬語やめてくれない？　なんか、おばさん扱いされてる気がする」

「いいですよ」

そう言ってから、「いいよ」と言い直した。

くるみさんがまだ聞いているかどうかはわからないけど、とにかく僕は昔話を続けた。

「ただ、僕たちが始めたときは、本当に処刑したり、殺したりはなかったから。それで、しばらくして、出資したい、現場はそのまま担当してくれていい、みたいな連絡が来て」

最初は報酬に釣られた。僕たちは舞いあがった。ちょっとしたスタートアップ企業気取りだった。

でも僕たちの出資者は、グーグルでもアマゾンでもなかった。

「あっという間でした。最初は会場が変わって、こういう場所になって。なんだかおかしいな、と思ってたら、そこから三回目ぐらいには、もう――」

「こういう仕様だったんだ」

はい、と言いかけて言葉を飲みこみ、僕はうなずいた。

「うん……すみません、やっぱり敬語でいいですか」

「だめ。いや、まあいいけど」

こだわるほどのことでもない、と思ってくれたようだ。

彼女は冷めたコーヒーに口をつけた。マグカップの縁に口紅がついた。彼女はこんな場所でも、たとえ何日目だろうと、決してメイクを欠かさない。

僕は自業自得だけど、この人はなんでこんな場所にいるんだろう。急に興味が湧いた。

「僕も聞きましたよ」

と切りだした。

そういえば、きっかけだけは耳にしたことがある。

「本部に知り合いがいるんですよね。そいつに直接誘われたって」

「鬼頭に聞いた？」

「はい」

「あいつなんでも言ってるじゃん。だから出世できない」

彼女の知人とやらは、鬼頭よりも地位が上なのかもしれない。

ふと気になって、質問の方向を変えた。

「どんな連中なんですか？」

「なに？　本部？」

「はい」

「あたしもよくは知らない」

彼女は素っ気なくこたえた。知っていたとしても話すつもりはない、という雰囲気。

「あたしを誘った奴もそんなに偉いわけじゃないよ。たぶん鬼頭と変わんない。いまはもう会ってないし」

「やっぱおカネですか？　これ――」

僕は自分のモニターに目をやった。ベッドで寝返りを打つ柚月。平和そうに見えるけど、先ほどの殺戮《さつりく》の現場、いまも萌々香が横たわる廊下からは十メートルも離れていない。

「こういうの、続けられるの」

「違うの？」

「最初はそうでした。でもいまは、そんなにやりたいこともないなって」

おカネの使い道が思いつかない。ここから、この仕事から抜けだせればいろいろ始められるのに、なんてことを考えたりもするけど、きっと自分に対する言い訳だ。

「想像力がないんじゃない？」

「そう思います。ほんとに」

「まーでも、似たようなもんかな」

くるみさんの外側を覆っている透明の層みたいなものが、一枚だけ、ほんの少しだけ、剝がれたような気がする。

「お金はあんの。てか、昔からあった。でも楽しいこと、気持ちいいことって、新しい経験じゃない？ 未知との遭遇。それがだんだん減ってくんの、歳を取ると。努力すれば見つけられるんだろうけど、それも苦手だし」

「だからこれ？」

新しい経験としての、殺人ゲームの運営ということだろうか。

彼女は、直接はこたえず、マグカップを手に立ちあがった。僕のほうへ空いた手を差しだす。僕のマグカップも洗ってきてくれるらしい。

「すみません」

「潮時だよね、たしかに」

彼女に渡そうとしていたマグカップを、思わず落としかけた。

「抜けられるんですか？」

本部に知人がいるから？ そのコネがあるから？

彼女は僕のカップをつかむと、不敵な笑みを浮かべた。

「知らない。でもその交渉は、ちょっと面白そう」

僕はようやく理解した。

この人は「命がけの人狼ゲーム」に自ら参加する高校生たちと同じなのだ。少し要領が良くて、そう簡単に自分の命を危険にさらしたりしないだけで。
基本的には、危険と緊張感に飢えた中毒者なのだ。

WEREWOLF GAME
OPERATORS

第三章

三日目

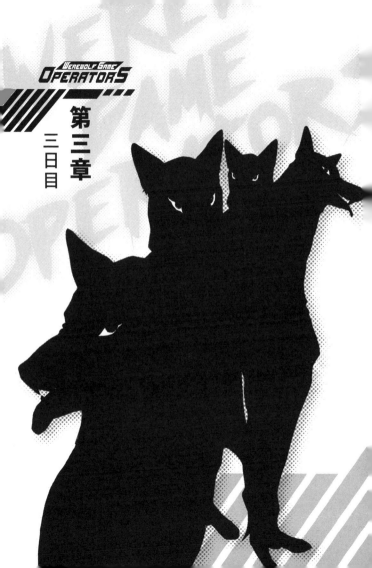

柚月

護衛が失敗したことはわかっていた。昨晩、ドアの外から、あれだけ大きな物音が聞こえてきたのだから。

その前には女性の叫び声も届いていた。

あの時点で生き残っていた女性は柚月と心春、澪、萌々香の四人。柚月の部屋に人狼は来ていない。心春は柚月が護衛の対象として選んでいた。澪は人狼だ。

となると、残る人物はひとりしかいない。

柚月にはわかっていた。

翌朝、萌々香の死体を目にすることが。

だから昨晩は泣いた。涙が涸《か》れても泣きつづけた。

さすがに少し眠り、そしていま、こうして、最悪の気分で朝を迎えている。

萌々香は廊下の床でうつ伏せに倒れていた。背中からナイフの柄が生え、なぜかそこにバスタオルが巻かれていた。タオルは限界まで血を吸い、乾いている部分、白さを残す部分は一切なく、最初はそれ自体が肉の塊のように見えた。

滝が死体から顔を上げた。目には熱に浮かされたような光が宿っていた。

「なんか、勝てる気がしてきた。だってそうでしょ？　もう五人しかいないんですよ？　なのに生きてる。さすがに終わるでしょ！　あとひとりで！」

「ごめん」

と柚月は謝った。

期待に水を差してごめん。萌々香を守れなくてごめん。

全員の役職がわかっているのに。用心棒なのに。

「残念だけど、終わらない」

「いえ、終わりますよ」

澪が、死体越しに指を突きつけてくる。

「夏目柚月は人狼でした」

柚月はどっと疲れを感じた。哀しかった。いますぐ澪を抱きしめて、もういいよ、君の勝ちでいいよ、と言ってやりたかった。

だが、できない。一時的な感情に流され、逃げるべきではない。

生きなければ。

柚月は意思の力を振りしぼって、澪に反論した。

「私は霊媒師。その能力で確認した。昨日、処刑された天野さんは人狼じゃなかった。つまり、彼女が本物の予言者」

澪をまっすぐ睨《にら》みつける。

「偽物である佐竹さんは、人狼」

「ねえ」

心春が柚月に、不安げな顔を向けてくる。

「あんたが正しいとしたら、まだ人狼は減ってないってことでしょ？　この中にふたりいる。五人しかいないのに。勝てんの？」

「まず勝てねえな」

一ノ瀬は人狼だ。隙あらば柚月の印象を悪くしようと、仲間である澪の信頼性を上げようとしてくる。

柚月は萌々香の隣にひざまずいた。

「今日と明日でひとりずつ、ミスせずに吊《つ》りきるしかないね」

萌々香の頭をなでてやった。まずはこのナイフを抜いてやろう。彼女を部屋へ運んでやろう。

だれの手伝いも要らない。むしろひとりでやりたかった。

実際には、ひとりで萌々香を運ぶことは不可能だった。

ナイフは簡単に抜けたが、力を失った身体はあまりにも重く、柚月ひとりでは床から持ちあげることすら難しかった。

驚いたことに、澪が真っ先に手を貸してくれた。萌々香を殺したことをカムフラージュするためだろうか、とも思ったが、柚月はなにも言わなかった。そこに心春が加わり、今回は残った女性だけで犠牲者を運ぶ流れになった。

萌々香は血の海にうつ伏せの状態で横たわっていたため、服は上も下も前半分がぐっしょりと濡《ぬ》れ、手や顔もペンキを塗ったように赤黒く染まっていた。

部屋に入ったあと、柚月たち三人は苦労して萌々香の身体をベッドに引きあげ、横たえた。毛布とシーツを首までかけ、濡らしたタオルで顔を拭いてやった。

刃は萌々香の華奢《きゃしゃ》な身体を完全に貫いており、そのため背中だけでなくみぞおちのあたりにも傷があった。出血は止まっていたが、それでも彼女を覆うシーツにはじんわりと赤味がにじんだ。

柚月は全身が、澪と心春は肘のあたりまでが、萌々香の血にまみれていた。三人でそのまま洗面所へ移動し、手を洗った。柚月は制服のブレザーをゴミ箱に捨てた。

柚月と澪はどちらからともなく目を合わせた。

休戦は終わった。

食堂へ移動すると、男性陣——といっても、もう一ノ瀬と滝しか残っていない——がテーブルに着き、賞味期限の近い菓子パンの朝食を始めていた。

柚月自身は食欲が湧かず、ボトルに入った水だけを取って席に着いた。

「いまさら私が偽物だと主張するのは、さすがに厳しいと思う」

柚月はそう切りだし、澪にたずねた。

「私が霊媒師でないなら、本物はだれ？」

「たしかに……」

滝が口からストローを抜き、牛乳パックをテーブルに置いた。

澪は前を向いたままでこたえた。

「初日に吊られた橋爪くんか、初日に襲撃された早坂くん。そのどちらか。橋爪くんは処刑の直前に弁明の機会がありましたから、たぶん違うでしょう。早坂くんでほぼ間違いありません」

逆に柚月は、身体ごと澪のほうを向いて話した。

「初日に、ピンポイントで霊媒師が襲撃されるなんて、都合が良すぎない？」

「良すぎません。早坂くんは不自然におびえていました。むしろ私は人狼ではないかと疑っていました。勘のいい人狼なら彼が霊媒か用心棒を引いたのだろうな、と推測できたはずです」

「ぜんぜん納得できない」

柚月は皆の顔を見回した。

「だれか、早坂くんは霊媒か用心棒だろうな、と初日に思った人、いる？」

「オレは……」

滝が首を振る。

心春も無言で小さく首を振った。

一ノ瀬が澪を擁護する。

「たしかにみんな怪しく見えた。ただ人狼は、自分が人狼だってことは知ってるから。おれたちとは見え方が違ってくるのかな、とは思う」

「一ノ瀬くんが佐竹さんの味方をするのはわかるよ」

柚月は手の中のボトルを見つめた。

「白をもらってるから。ちなみにわたしは、一ノ瀬くんがもうひとりの人狼だと思ってる」

「はあ？」

一ノ瀬が菓子パンの袋を握りつぶす。

柚月はひるまずに続けた。

「予言者を騙《かた》った人狼が、仲間の人狼に白を出した。単純なこと」

「ざけんなって！」

「だからふたりに言うね」

柚月は滝と心春――人狼ではないふたり――に訴えた。

「もしわたしが人狼なら、怖くて霊媒師を騙ったりできない。本物がほかにいるかもしれないから。もし本物が名乗りでてきたら、自称予言者がふたり、自称霊媒師がふたりになってしまう」

「その四人は片っ端から吊られる、ですよね」

滝が神妙な顔で言う。

柚月はうなずいた。

「わたしは、そんな危険は冒さない」

「本物が挙手した場合は撤回するつもりだったんでしょう」

と澪が言った。

「理由はどうとでも言えます。本物に出てきてほしかった、でもかまいませんし、人狼に騙らせたくなかった、でもかまいません」

「それは、一ノ瀬くんがやろうとしてたことだよ。たぶん」

柚月は自分が少しも焦ったり、興奮したり、おびえたりしていないことに、自分でも驚いていた。

ペットボトルの蓋をひねりながら、一ノ瀬に言う。

「でもわたしが先に宣言したから、君は言いだすタイミングを失った。違う？」

「ぜんぜん違う。すげえ的外れ」

否定する一ノ瀬に、柚月は静かに追い打ちをかける。

「いまならわかるよ。わたしが霊媒師だって言ったとき、一ノ瀬くんはちょっとおろおろしてた。君らしくなかった。あれは、自分が騙るつもりだったから」

「違うつってんだろうが⁉」

一ノ瀬が食事の残りとゴミをすべて払い落とした。

心春が首を振り、テーブルを強く叩《たた》く。

「わかんない。ほんとにわかんない！」

その金切り声のおかげで、一ノ瀬は、逆に冷静さを取りもどしたようだ。

彼はまた椅子《いす》に腰かけると、背もたれに身を預けた。

「おれは人狼扱いされたんで、そいつを信じるしかねえ」

澪のほうを顎で示し、また柚月と目を合わせる。

「おまえを吊って、ゲーム終了だ」

「それが理想です」

澪が滝と心春に語りかける。

「皆さん。今夜、終わらせましょう」

正宗

琥太郎は例によって建物の裏手で喫煙中だった。

参加者は残り五名。監視はそれほど大変じゃない。琥太郎の直後に僕が休憩を取っても、今回は、鬼頭から文句を言われることはなかった。

僕はドアから出て、風とまぶしさに目を細めながら、琥太郎のほうへ近づいていった。

「まずい。このままだと吊られる」

残り五人のうちふたりは人狼だ。そのふたりは当然、柚月に投票するだろう。柚月は澪に。つまり心春、滝の両方が澪に投票しなければ村人側は勝てない計算になる。

なのに、いまのところ柚月と澪の信用度は半々といったところだ。

それでは足りない。

琥太郎は煙を長く吐きだし、例によって煙草の先端を、初めて見るような目でながめた。

「もういいんじゃね？　おまえもよくやったし、あの子もよくやってる。あとはほっとけって」

「でも――」

「さすがにバレるって。死にたいか？　すみれみたいに」

琥太郎は昨日の夜あたりから虚無的な空気を漂わせていた。その理由がいまわかった。

彼は天野すみれの死を引きずっているのだ。

すみれは脱走を試み、僕たちに追われ、けっきょくは捉えられた。そして、僕たちの目の前で電流を流され、絶命した。

気絶させるためと、殺すための、二度の通電。それに伴う痙攣《けいれん》。

あの光景は、忘れようにも忘れられない。

僕は琥太郎に答えた。

「死にたくない。死ぬのは怖い。でもそれ以上に、あの子を死なせたくない。――ねえほんと、なんかないかな？　あの子を助ける方法。前も言ったけど、自己満足だってのはわかってる」

「できるとしたら、撤回ぐらいかな」

「え？」

撤回する？

柚月を助けるという決意を撤回する、僕にできるのはそれだけ、という意味だろうか。

目を白黒させる僕に、琥太郎が「あの子が生き残る方法だよ」と教えてくれる。

「どういうこと？」

「自分は霊媒じゃなくて用心棒だってバラせば、信じてもらえるかもしれない。逆にますます疑われて、あっという間に吊られるかもしれねえけど。でも村側からしたら、夜に用心棒が守ってくれるかもしれない、村側が減らないかもしれない、となったら」

「あと一日ぐらい様子を見よう、となっても不思議じゃない」

ようやく理解できた。琥太郎は柚月が採るべき戦術について話している。

自分は霊媒師だ、という宣言を撤回する。自分は用心棒だ、とあらためて宣言する。

滝と心春は信じてくれないかもしれない。だが彼らが信じたくなる情報ではある。そしてそれは、真実でもあるのだ。

なるほど。

琥太郎はまた煙草を吸い、煙を細長く漂わせた。

「問題はどう伝えるかだな。自分で気づけりゃ理想だけど。でもまあ、これが正解ってわけでもねえし。やっぱ様子見だろ」

結局琥太郎は一度も僕と目を合わせなかった。僕にアドバイスをくれたと言うよりは、暇つぶしの思考実験の内容をつぶやいてみただけ、という感じだった。


ゲームも終盤になってくると、昼の時間帯はやけに間延びして感じられる。それほど注意して監視する必要がないからだ。担当する参加者の数は減り、その参加者も、ある程度ゲームが進んだ段階では、まず脱走など試みない。彼らはすでに投票または襲撃によって人の死に深く関わっており、たいていは、自分をこのシステムの一部だと見なすようになっている。

監視室にはだれた空気が漂っていた。

姫菜は休憩中。鬼頭は、直接はだれも担当していないので、いまにも居眠りしそうな気配だ。琥太郎は相変わらず心ここにあらずといった感じ。くるみさんはいちおう画面に向かっているけど、さっきから不自然なクリック音が繰りかえし聞こえている。実はこっそりソリティアかなにかをインストールし、プレイしているんじゃないか、と僕は疑っていた。

僕はひたすら柚月の動向を見守っていた。彼女は僕の担当なので、これが仕事ではあるけど、ストーカーになったような気分だ。見られていることに彼女自身が気づいている、という点がせめてもの救いだけど。

画面の中の彼女は、いまは多目的ホールで椅子を片付けていた。主を失った二脚の椅子を。身体を動かすことで哀しみを紛らせ、同時に、どうすれば澪を弔れるか、どうすれば心春と滝を説得できるかを必死で考えているのだろう。残された椅子は窓からの強い日差しをまともに浴びて、ほとんど白と呼べそうな色に染まっている。

テレビの画面もそうだ。白。あるいは明るいグレー。いまは電源が入っていないはずだけど、仮に入っていたとしてもわからないだろう。

その事実に息を呑《の》み、反射的に顔をモニターへ近づけてしまった。

僕の椅子がガタンと硬い音を立てる。その騒々しさに自分で驚き、思わずまわりを見回してしまう。

くるみさんがちらりと僕のほうを見たけど、すぐに関心を失い、またすぐに画面のほうへ注意を戻した。琥太郎と鬼頭は気づいてもいない。

僕はあらためて至近距離から画面を確認した。広間には監視カメラが三つある。それらの映像をすべて呼びだし、三つのウィンドウを同じ大きさで並べた。

テレビを正面から映している監視カメラは、入り口の上に据えられたひとつだけだ。その映像では、テレビの画面は白く飛んで見える。

僕はもう一度だけ、鬼頭とくるみさんの様子をうかがった。

だれも僕になど注意を払っていない。

僕はモニターへ視線を戻し、専用のソフトウェアを操作した。なにかに取り憑《つ》かれたかのように、指が勝手に動いていく。

ホールに置かれたテレビの電源を入れる。

ウィンドウ内の映像に変化はない。ホールの、テレビ画面の色合いが少し変化したけど、じっと見ていないとわからない程度だ。

続いて、テレビ画面に文字を表示させるためのテキストボックスを開いた。ルール説明の際は、いつもこのボックスに定型文をペーストしている。

キーボードで「あ」と打ちこんでみた。

テレビ画面に変化は現れない。「あ」の文字が表示されているはずだけど、少なくとも監視カメラは拾いきれていない。

だけど、あの場の柚月から見たら？

肉眼なら、画面の変化に気づけるのではないか。

これならメッセージを伝えられるかもしれない。

別の映像をたしかめた。柚月は壁に立てかけた椅子の前でたたずんでいる。考え事をしているようだ。テレビの画面は、彼女の視界には入っていない。

僕はとりあえず「あ」の文字を消した。メッセージを打ちこもうとしたところで、思わず声をあげそうになった。

柚月が壁際を離れ、テレビ画面に背を向け、入り口のほうへ歩いていく。

だめだ、止まれ！　と心の中で叫ぶけど、もちろん届くはずもない。

どうにかしなければ。彼女を振り向かせなければ。

せっかくメッセージを、彼女が生き残るためのアドバイスを、本部に気づかれない形で送れるかもしれないのに。

必死で方法を考えた。彼女を呼びとめたい。小石かなにかを投げられたらいいのに。彼女の首輪に目がとまった。右の顎の下あたりに取りつけられた装置にも。あれは音声を拾うだけだ。こちらの声を届けることはできない。ほかにできることは、位置の特定と、電流を流すことだけ。

それだ。

僕はあわててトラックパッドを操作し、別のソフトウェアのウィンドウを前面に持ってきた。

彼女の名前と電流の強度を順番に選択。

オン、のボタンをクリックする寸前で一瞬だけためらい、でも結局は電流を流した。

最弱で、一瞬だけ。

ごめん、許して、と心の中で柚月に謝った。これは非常事態なのだ。彼女の命を救えるかもしれない、唯一の希望なのだ。

彼女の身体が震え、かくん、と膝が折れた。彼女はよろめき、倒れる寸前でドアの枠にしがみついた。イヤホンからは彼女の乱れた息の音が聞こえてくる。事情を知らない人の目には、たんに彼女が立ちくらみしたように見えたはずだ。

彼女は慎重に立ちあがった。そのまま廊下へ出ていこうとする。

しょうがない。ほんとにごめん。

僕はまた謝り、もう一度だけ電流を流した。

彼女の喉からひゅっと息を吸う音が漏れ、身体がまた痙攣した。彼女は両手を両方の膝につき、前傾した姿勢で身体を支えた。

彼女が振り向き、監視カメラのひとつを睨みつける。無駄にもてあそばれている、と思ったのだろう。

直後、彼女の表情がかすかに、ほんの少しだけ変化した。いらだちの中に戸惑いが混じった。

テレビが点いてることに気づいたのだ。

僕はまたテキストボックスのウィンドウを最前面へ持ってきた。

なんと伝えるべきか。具体的な文面を用意していなかったことに、いまさらながら気づいた。

彼女がやるべきこと。簡潔に。わかりやすく。

僕はキーを打った。

『正体を明かせ』

彼女は読んだだろうか？　たぶんイエス。視線は監視カメラよりも下へと向けられている。別の監視カメラの映像を確認してみると、彼女はたしかにテレビのほうを見ていた。

ありがたい。だけど、これはこれで不自然だ。参加者が昼間にテレビ画面をじっと見る理由など、本来はないのだから。

僕はテレビ自体の電源を切った。

また鬼頭とくるみさんの様子をたしかめた。

変化なし。

鬼頭にいたっては胸の前で腕を組み、背もたれに体重を預け、深く顎を引き、かすかな寝息まで立てている。

僕はモニターに目を戻した。

柚月はテレビから視線だけを上げ、また監視カメラを睨みつけた。僕という個人が睨まれているような気がした。もっとしっかりやってよ、役に立ってよ、と言われているような気が。

やがて彼女はくるりと背中を向け、入り口を離れ、こんどこそ廊下を遠ざかっていった。

彼女がメッセージを読んでくれたのか、理解してくれたのかどうかは、なんとも言えない。でもやれるだけのことはやった。

僕は目を閉じ、ため息をついた。

「どうかした？」

くるみさんが訊いてきた。ソリティアが一段落したのかもしれない。

「なんでもないです」

と僕はこたえた。

柚月

夕暮れは早く、窓の外は幕を下ろしたかのように、みるみる暗くなった。

柚月が広間に入ると、一ノ瀬以外の四人はすでに着席し、投票の瞬間に備えていた。

テレビ画面を盗み見た。当たり前だが、いまはなにも表示されていない。昼間見た内容は夢だったのではないか、とさえ思える。

だが、きっとそうではないだろう。あれは、窓に役職リストを貼り付けた人物と同じ人物からのアドバイスだ。

あのあと、柚月はゲームの展開を頭の中で何度もシミュレートしてみた。考えれば考えるほど、アドバイスの内容は正しいように思えた。

『正体を明かせ』

仮にあれが夢だったとしても、柚月の無意識が見せた幻だったとしても、柚月は従うつもりだった。

投票の十分前になって、ようやく一ノ瀬が入ってきた。

彼は空いた椅子のうしろに立つと、胸の前で腕を組んだ。

「おれは、このままでいいわ。ここで投票しろとは言われたけど。座れとは言われてねえんで」

「またそれ?」

心春が心底、迷惑そうに言う。

一ノ瀬は気にせず、皆の背後を、並んだ椅子の外周に沿って歩きはじめた。

「どうする?」

彼は澪と柚月の、向かいの位置で足を止めた。

「ふたり、まだなんかある?」

「あるよ」

柚月は立ちあがった。

隣の澪が、余裕の表情で見上げてくる。

「どうぞ」

「本当は霊媒師じゃない。用心棒を引いた」

声が震えないよう注意した。

また歩きかけていた一ノ瀬が、足を止めた。

一瞬の間を置いて、滝が身をのけぞらせる。

「はあ⁉」

「嘘《うそ》ついてたの？」

心春がまじまじと柚月のほうを見てくる。

「うん」

「なんで？」

「用心棒は特別な役職だから」

即席の、だが破綻していないはずの言い訳を並べていく。

「襲撃されたくなかったから。霊媒と名乗っておけば、わたしは用心棒に護衛されてると人狼は思うはず。だから夜に襲われない。それに、みんなから吊られないためでもある」

「え、でも、え……」

滝は見るからに混乱している。視線が一定しない。

「じゃあ、本物は？」

その質問に、柚月は慎重にこたえた。

「今朝の、佐竹さんの話は、ひとつのこと以外は本当。本物の霊媒はたぶん早坂くん。わたしは霊媒を騙ったけど、本物が名乗りでたら撤回するつもりだった。理由はなんだっていい。でも本当に霊媒師は死んでた。だから霊媒のふりを続けた。ただし、わたしは人狼じゃなくて、用心棒」

「なら嘘だってことじゃん」

心春の唇が、整った下顎が震えている。

「霊媒の結果ってやつ。みんな適当だった」

「でも結果的に合ってた」

堂々としていろ。柚月はまた自分に言い聞かせた。自分が話している内容は事実だと、自分で信じこまなくてはならない。

「用心棒のわたしに黒出しした佐竹さんは人狼だから、対抗の予言者である天野さんは白。最初に吊られた橋爪くんは、たしかにわからないけど……それも、このあとすぐにわかる。もし佐竹さんを吊ってゲームが終わらなければ、人狼はまだ残ってる。その人狼は、たぶん一ノ瀬くん」

「言いがかりだろうが！」

「ただの悪あがきです」

澪も立ちあがり、柚月と目の高さを合わせた。

「いまさらそんな主張をしても、だれも信じません」

「わたしが人狼なら、いまさらこんなことは言わない。霊媒師のふりを続ける」

「待って待って」

滝が割って入った。

「ほんとに用心棒だとして、なんでいま？」

「そのほうが、勝てる可能性が高いから」

これで合っているだろうか。不安でたまらない。『正体を明かせ』と伝えてきた人物が考えた論理を、自分は口にできているのだろうか。

「今夜、わたしはだれかを守れるかもしれない。そうなってから『実は用心棒でした』って言っても信じてもらえないと思うし。でも、それを抜きにしても、考えてることはある」

「考えてることねえ」

一ノ瀬は滝と柚月の間を抜け、自分の椅子に腰を下ろした。

「教えてよ、興味あるわ」

柚月は唾を飲みこんだ。異物が喉を通り抜けていくような感覚があった。

ここからだ。絶対に間違えてはならない。

「このあと佐竹さんを吊ったら、残りは四人。夜に人狼が用心棒を、つまりわたしを襲撃した場合、もちろんわたしは白ってことになる。そしたら明日は、秦さんと滝くんは一ノ瀬くんに投票するよね。わたしの主張が正しかった、ということだから」

滝と心春は真剣に聞き入っている。ここまでは理解し、納得してくれている。

「それを避けるためには、一ノ瀬くんとしては、今夜は秦さんか滝くんを襲撃するしかない。その上で明日は、やっぱりわたしが人狼だったと主張するしか」

「だから、なんでおれが人狼の前提なの？」

「それに、なぜ私が人狼の前提なんです」

人狼たちからの、当然の抗議を、柚月は聞き流した。

「私は秦さんか滝くんのどちらかを守る。もし護衛が成功したら、わたしが用心棒だって証明できる。村人をひとりも減らさずに、今日と明日で、残りの人狼をふたりとも吊れる」

柚月はまず心春と、次に滝と、数秒ずつ目を合わせた。

「二分の一の確率で勝てるよ」

「おもしろい主張でした」

言葉とは裏腹に、澪の眉間には深い皺が寄っている。

「よく検討されたのだと感心します。この人狼は通常のゲームよりも考える時間がありますから、それほど難しいことではないのかもしれませんが。ともあれ、努力は認めますが、効果はありません。トリッキーな説を並べて村人側を混乱させる作戦、そうやってあなたが人狼である、という明らかな事実から目をそらす作戦でしょうが――」

「いや！」

と一ノ瀬が声を張った。

「おれはそいつの話、わりと納得できたぜ」

柚月は自分の耳を疑った。

納得できた？　どういうことだろう。自分が人狼だと認める、ということだろうか。

まさか。

一ノ瀬の口元には楽しげな笑みが浮かんでいる。

その目がぎょろりと澪のほうを向いた。

「ここでおまえを吊っても、たとえおまえが本物の予言者でも、すぐにゲームが終わるわけじゃない。村側には明日、もっかい投票のチャンスがある」

「なにを――」

澪もさすがに言葉が出てこないようだ。

柚月はめまいと吐き気を同時に感じた。

おかしい。人狼は一ノ瀬と澪のはずだ。

ふたりは仲間ではなかったのか。

あの役職リストの内容は嘘だったというのか。

前提が崩れていく。わけがわからなくなる。考えを組み立てられない。

もしふたりが人狼ではないとしたら？　本当はすみれが人狼で――いや、そんなことはあり得ない。澪は柚月に黒を出した。少なくとも彼女は人狼だ。

では、もうひとりの人狼は、心春と滝の中にいるのか――だが心春はすみれから白を出されている。

では、滝が人狼？

いま、この空間では、一ノ瀬だけが落ち着き払っている。

彼はにやつきながら、澪のほうへ顎をしゃくった。

「おれはそいつから白をもらっているだけで、べつにそいつの仲間ってわけじゃない。そいつ、佐竹と」

彼は、こんどは隣の滝に笑みを向けた。

「おまえが黒って可能性もある」

滝が小刻みに首を振る。

澪の身体がガタガタと震えはじめる。

「なに言ってるの……」

柚月も考えたことではあった。澪と滝が人狼という可能性。

だが、一ノ瀬が人狼のはずなのだ。これまで彼と澪は明らかにお互いをかばいあっていた。一体なにが起きているというのか。

一ノ瀬がまた柚月の視線を捉え、目を合わせてくる。

「だから、もしおまえが本当に用心棒なら、おれも護衛の対象に入れてくれよ。神頼みでも第六感でもなんでもいいから、なんとかして今夜、村人を守りきれ。それができなきゃ、おれはおまえを人狼と見なす」

「ねえ。それって……」

心春がおずおずと言った。このゲームが始まったばかりの頃は気の強そうな、わがままそうな印象を受けたが、いまやそうした雰囲気はすっかりなりを潜めている。

彼女は澪のほうへ一瞬だけ視線を流し、またすぐに目を伏せた。

「その子を吊る流れ？」

「目を覚ませ！」

澪の怒声が空気を震わせた。

その顔は、別人のように歪《ゆが》んでいた。

正宗

きっと柚月はパニック状態だ。少なくとも僕はそうだった。

「なんで……？」

なぜ一ノ瀬は急に、柚月の意見に賛同しはじめたのか。澪を吊ろうと言いだしたのか。

「あいつ人狼なのに、身内切り？」

「たぶんルールのせい」

と、珍しく姫菜が自分から口を開いた。

僕は馬鹿みたいに「ルール？」と聞きかえした。

姫菜が律儀に説明してくれる。

「勝った側には一億。ひとりで勝てば独占できる」

僕の隣で鬼頭がうなった。

「だから、あえてもうひとりの人狼を切るか」

さすがに彼も、琥太郎も、いまは画面にかじりついている。この投票は勝負を決める可能性が高い。

僕はまだ納得できなかった。

「でも、勝てるとは限らない！　いま仲間が吊られて、夜に護衛が成功したら、人狼は負ける！」

「勝つ自信があるんだと思う」

姫菜の、能面のような顔がほてり、わずかに朱色が差している。

「それか、賭けに出たか。さっき夏目柚月が自分で言っていたけど、護衛が成功する確率は半々。つまりいまパートナーを吊っておけば、一ノ瀬悠輝は、五十パーセントの確率で一億を手にできる。五千万ではなくて」

「五十パーセントの確率で死ぬのに！」

「ギャンブラーなんじゃない？」

と、それまで沈黙を守っていたくるみさんが言った。

「それか、よっぽど退屈してるか」

そんなことがあり得るだろうか。たんに退屈を紛らすために自分の命を賭けるなんてことが。

あるのかもしれない。くるみさん自身が昨晩、そのようなことを話していた。

お金とスリル。それが一ノ瀬を動かしているのだろうか。

柚月

澪が唾を飛ばし、心春と滝に命じる。

「勝てる選択をしなさい！」

「もう投票でいいだろ」

一ノ瀬が澪に、冷淡に告げた。

「おれはおまえに入れる」

澪が激しく首を振る。

「今夜は夏目柚月に投票です。人狼を一掃して、ゲームを終わらせるべき――」

彼女が言い終える前に、一ノ瀬がカウントダウンの声を被せた。

「さーん！　にーい！　いーち！」

すべてがめまぐるしく進んでいく。

柚月は「一」の声を聞くと同時に、反射的に腕を上げた。

まだ混乱している。もうひとりの人狼は一ノ瀬か滝か。

だが、いま決断を下す必要はない。とりあえずは、確実に人狼とわかっている相手に入れるべきだ。

澪に。

心春と滝も腕を上げ、澪を指さしていた。ふたりは完全に、一ノ瀬の勢いに飲まれている。

一ノ瀬自身の投票先は、確認するまでもなかった。宣言どおり澪だ。

その澪は、震える腕をなんとか持ちあげ、柚月を指さしていた。顔面は蒼白《そうはく》で、目の前の現実が信じられない、といった様子だ。

その澪がゆっくりと腕を下ろした。ぎぎぎ、という音が聞こえそうな、ゼンマイ仕掛けを思わせる動きで首を巡らせ、まっすぐ一ノ瀬を見つめる。

唐突に柚月は理解した。

やはり一ノ瀬は人狼だ。この土壇場になって、彼は仲間である澪を裏切ったのだ。その内容はすべて正しかった。

柚月は彼を視界の正面にとらえた。相手が同じ人間だという実感が湧かなかった。言葉は柚月の口から、ひとりでに出てきた。

「君が、すごく怖い」

その瞬間、澪が床を蹴った。

彼女は意味不明の叫び声をあげながら一ノ瀬に飛びかかった。小柄な身体が一ノ瀬を押し倒す。

不意を突かれた一ノ瀬は避けきれず、椅子ごとうしろへ引っくりかえった。

鋭く、硬い音が耳を打った。

と同時に、澪の全身が不自然に跳ね上がった。首輪から電流が走ったのだ。先ほどの音は特に凶暴で大きかった。鼓膜だけでなく柚月の肌や毛も震えた。

澪が力を失い、一ノ瀬に覆い被さる。

「わっ」

一ノ瀬が悲鳴をあげ、澪の身体を強引に押しのけた。

「どけって。おい!」

澪の、すでに絶命しているとおぼしき身体がごろりと仰向けに転がる。後頭部が床にぶつかり、鈍い音を響かせるが、顔も身体もまったく反応を示さない。

一ノ瀬が呼吸を整え、立ちあがり、服についた汚れと皺《しわ》を払った。

「終わる？　終わらねえ？」

だれも返答しない。息づかいの音だけが響いている。

澪はぴくりとも動かない。

一ノ瀬は自分以外の三人の顔を見回し、さらに監視カメラのひとつを見上げてから、納得した様子でうなずいた。

「オッケー、なら橋爪は人狼じゃなかった。まだ続くわ」

彼は柚月のほうを向いて、目を細めた。

「おまえが人狼か、それ以外の中にひとりいるか」

正宗

投票で柚月が吊られ、その時点でゲームが終わる可能性もあった。

でもそうはならなかった。

一ノ瀬は賭けに出たのだ。

五十パーセントの確率で五千万円を一億円にできる賭けに。

今夜、彼が襲撃に成功すれば、明日は柚月が嘘つきとして吊られるだろう。苦し紛れに用心棒を騙っただけの人狼として。

逆に襲撃が失敗した場合は、柚月が人狼側の生殺与奪の権を握ることになる。彼女が用心棒であることがほぼ確定するからだ。実際に護衛した相手がだれかにかかわらず、柚月は、一ノ瀬を吊りたい場合は「滝を守った」と、滝を吊りたい場合は「一ノ瀬を守った」と宣言すればいい。

さすがに彼女も、一ノ瀬が人狼であり、その腹黒い、とち狂った性格のために澪を切り捨てたと気づいているはずだ。

となると、やはり、勝負はこれからの数時間で決まる。

襲撃が成功すれば人狼の勝利。失敗すれば村人側の、つまり柚月たちの勝利。

パソコンのツールバーに表示された小さな文字が、午後十時を告げた。

本来なら運営側五人のうちふたりは休憩を取る時間だけど、鬼頭はだれにも声をかけなかった。自分から席を立つ者もいない。全員が自分のモニターに釘付けだった。琥太郎の目にも光が戻ってきた気がする。

もはやだれがだれの担当かなんて関係ない。少しでも人狼ゲームを知っている者なら、興味を抱かずにいられない状況だからだ。

僕はウィンドウをふたつ並べ、左側で柚月の、右側で一ノ瀬の動向をチェックしていた。

ほかの四人も似たようなものだろう。

一ノ瀬は人狼が外に出られる午前〇時を待たず、さっさとロッカーから大型のナイフを取りだしていた。

僕の右隣で、琥太郎が「勝つ気満々かよ」と、やや苦い口調で言った。

柚月は部屋の中央に立ち、挑むような目で監視カメラを見上げている。

鬼頭は萌々香を失ったショックと怒りから立ちなおったらしく、薄笑いを浮かべながら言った。

「さて。どこを指定するか」

柚月はきゅっと口を結んでいる。決意に満ちた表情ではあるけど、まだ護衛先を決めきれていない。彼女の頭の中では、いまこの瞬間、さまざまな思考が渦巻いているはずだ。

自分が一ノ瀬ならだれを襲撃先に選ぶか。

もちろん柚月を襲撃して確実に殺害し、人狼は滝だ、と主張する手もあるけど、心春に信じてもらえる可能性は低い。

襲撃するなら心春か滝だ。

一ノ瀬は、柚月ならどちらを守るだろう、と考えるかもしれない。

柚月は、どちらかといえば心春のほうに親近感を抱いている印象だ。心春は拉致されてここへ連れられてきたけど、滝は自分から参加した、という背景もある。柚月の性格なら、「これ以上考えても結論なんて出ない、それならいま死んでほしくない相手を護衛しよう」といった結論を下しそうな気もする。

だとしたら、人狼が襲撃するべき相手は滝か。

それを見越して、柚月は滝を護衛するかもしれない。

さらにそれを見越して、一ノ瀬は心春を襲撃するかもしれない。

僕はため息をついた。これ以上は考えるだけ無駄だ。

だけど、柚月は結論を出さなくちゃならない。

彼女は十分以上も監視カメラを睨んでいた。そして、ついに言った。

「今夜は、秦心春さんを護衛する」

「白か」

と鬼頭が言った。少なくとも彼は、イヤホンのチャンネルを柚月のマイクに合わせていたようだ。

そして、琥太郎も。

「論理的な判断じゃないでしょう。守れれば勝ち、外せば負け。そう覚悟した上で、いかにも一ノ瀬が狙いそうな相手を選んだ」

そうだ、そういう発想もあった。

一ノ瀬は明らかにサディストだ。いまならわかる。その彼が嬉々として襲いそうな相手となると、やっぱり心春だろう。だから彼女を守る。

「それを読まれるかも、という考えをさらに読まれるかも、みたいなことは、考えたかもしれませんけど」

琥太郎の言葉に鬼頭が舌打ちし、首を振る。

「裏の裏の裏、とかまで言いだしたら、ほとんど運だな」

柚月はいったんユニットバスに入った。歯を磨いていたのかもしれない。しばらくすると出てきて、両腕をいっぱいに広げ、背中からベッドに身を投げた。大の字になって天井を見上げる。護衛先の指定を終え、気が抜けたのかもしれない。

たしかに、彼女にできることはもうない。

一方の一ノ瀬はナイフを机に置き、椅子に座った。両手をズボンのポケットに突っこみ、目の前の置き時計をじっと見つめる。

鬼頭がぽつりと言った。

「運と、あとは勘の良さか」

先ほどの発言の続きだと気づくのに、少し時間がかかった。

くるみさんが言った。

「両方持ってるでしょ。あの子」

「そういやそうだ。初日から霊を殺ってる」

鬼頭が顎に手を当て、同意する。

それからは動きのない時間が続いた。

柚月は大の字のまま目を閉じた。ほかは指先ひとつ動かさなかった。

一ノ瀬も、微動だにせず、涼しげな表情で置き時計と向かいあっていた。

いちおう心春と滝の部屋も映してみたけど、なぜか示しあわせたかのように、どちらもユニットバスの中にこもっていた。そこに隠れていれば人狼の襲撃を防げる、と期待しているかのように。

もちろんそんなことはない。用心棒に護衛されないかぎり、人狼の襲撃を防ぐことは不可能だ。ユニットバスに鍵はついていないし、ドアが開かないようにノブをつかんだとしても、僕たち運営人が首輪に電流を流す。襲撃された者はその間に人狼の侵入を許してしまう。

ユニットバスの床と壁、そして天井に心春の血が散る様子も、滝の血が散る様子も、容易に思い描けた。

逆に、一ノ瀬による襲撃が失敗する様子はまったく思い描けなかった。

用心棒による護衛先と人狼による襲撃先が同じだった場合、部屋のドアはロックされて開かない。

そうはなりそうにないな、と思わずにいられない。

なぜか。

それはたぶん、一ノ瀬がかもしだす雰囲気のせい。

自分への揺るぎない自信と、自分以外のすべてを見下すような態度。

鬼頭とくるみさんの会話が頭の中で繰りかえされる。

――運と、あとは勘の良さか。

――両方持ってるでしょ。

そう、彼は「持っている」。とてつもなく強い。その強さは、役職リストを渡された柚月をも凌駕《りょうが》している。

――初日から霊を殺ってる。

彼の狙いは正確だ。二日目の夜も、最初は柚月を襲撃しようと主張していた。もし澪が強硬に反対しなければ、そのまま柚月を殺し、いまよりもずっと有利にゲームを進めていただろう。

初日から霊を。

二日目は用心棒を。

待て。

運と、あとは勘の良さ。
待て。
そんなものは、僕には、信じられない。
ハッと我に返った。
違和感があった。視界の端に映る景色が変化している。なにか足りない。
ひとり足りない。
僕はだれにともなく訊いた。
「くるみさんは？」
「休憩です」
姫菜が教えてくれる。
僕は部屋を飛びだした。

なんでもっと早く気がつかなかったんだ。僕は馬鹿だ。
僕は鬼頭や本部の目を盗んで柚月を助けようとしていた。同じことをしている運営人がほかにいても不思議じゃない。方法はわからないけど、だれかが参加者全員の役職や用心棒の護衛先を一ノ瀬に伝えていたのだとしたら、彼の異様な運と勘の良さ――に見えたもの——にも説明がつく。

そして、そのだれかは、きっとくるみさんだ。

この瞬間、いままさに勝負が決まるという瞬間に席を外しているなんて不自然だ。なんらかの方法で一ノ瀬に情報を、柚月による護衛先を伝えているのではないか。

初日の襲撃時は——僕と琥太郎は休憩中だったのでなんとも言えない。

二日目はくるみさんと僕、そして鬼頭が監視を担当していた。

あのとき、くるみさんは休憩を取っただろうか。思いだせない。ただ、少なくともあの夜は、彼女の隣に姫菜はいなかった。仮にくるみさんが自分の席でなんらかの小細工を弄していたとしても、鬼頭は気づかなかった可能性が高い。もちろん向かいの席の僕からは、お互いのモニターが邪魔するので、くるみさんの手元は一切、見ることができない。

姫菜は目ざといし、運営人の不正を見逃すような性格でもない。今夜は彼女の目があるから、くるみさんは監視室から出ざるを得なかった、といったところか。

どこだ？

どこへ向かった？

僕はがむしゃらに走った。すぐに正面玄関が見えてきた。

くるみさんは外へ出たのか。一ノ瀬に情報を伝えるため、参加者側の建物へ向かったのか。そもそもどうやってコミュニケーションを取っているのか。

僕みたいな原始的、あるいは偶然に頼った方法ではないはずだ。メモを貼りつけたりテレビ画面を利用したり。そんなのはあの人のやり方じゃない。

転びそうになりながら立ちどまり、ガラスの開き戸越しに外を見てみた。参加者側の建物が見えている。人が通った痕跡はない、ような気がする。わからない。

大声でくるみさんの名前を呼んでみようかとも思った。そうすれば彼女は不正がバレると考え、戻ってくるのではないか。

いや、やっぱりだめだ。

くるみさんは戻ってくるかもしれない。でもきっとそれは目的を遂げたあとだろう。むしろ彼女は大急ぎで一ノ瀬に情報を伝えようとするはずだ。

外じゃない。彼女は、参加者側の建物には向かっていない。

自分の勘を信じることに決めた。

また走りだした。

女子トイレが目にとまった。なにも考えずにドアを開けた。ためらいはなかった。

真っ暗だ。人の気配はない。

一瞬、個室のドアを開けてみようかと思ったけど、すぐに違うと判断した。

廊下へと戻った。

こちらの建物は参加者側のそれよりも小さい。僕たちは一階部分だけを使っている。

くるみさんの部屋の位置は把握している。

そこへ向かった。

ノブに飛びついた。肩からぶつかるようにしてドアを開けた。

ドアチェーンに阻まれることを予想していたけど、そうはならなかった。

つんのめるようにして踏みこむ。

当たりだ。天井の白熱電球が室内に暖かい光を落としていた。

机の前でくるみさんが振りかえった。

手にはスマホ。

あるはずのない物。あってはならない物。運営人は全員、今回の仕事が始まった時点で、スマホと身分証をいったん鬼頭に預けているはずなのだ。

彼女は昨日も、一昨日も、あれでメッセージを送っていたのか。

突進した。彼女につかみかかった。

「ちょっと⁉」

くるみさんが抗議の声をあげる。

僕は右手で彼女の手首を鷲づかみにした。左手でスマホをむしりとった。自分の身体をねじり、背中で彼女を遠ざける。

「これは、こういうものは、持ちこみ禁止のはずでしょう⁉」

彼女が奪いかえそうと腕を伸ばしてくる。

僕は振り向き、無我夢中で彼女を突きとばした。

彼女が悲鳴をあげて倒れる。いったんベッドに尻餅をつき、そのまま床へ転げ落ちた。

すぐに上体を起こし、燃えるような目で見上げてくる。

「返して！」

「あいつも持ってるんだ。一ノ瀬も」

スマホを高く掲げた。疑いの余地はなかった。ひそかに――ユニットバスの中などで――同じようなスマホをのぞきこみ、メッセージを確認する一ノ瀬の姿が思い浮かんだ。

「最初からつながってた。あいつは自分から参加――」

僕が最後まで言う前に、くるみさんが床を蹴った。

なぜか抱きつかれた。

腹が爆発した。臍《へそ》の上あたり。

混乱した。

彼女の顔が僕の顔のすぐ近くにあった。馬鹿にしたような視線が目に入る。甘い吐息を感じた。

ただの爆発じゃなかった。痛みの爆発だ。たぶん火は出ていない。

全身から力が抜けた。脚がゴムみたいに曲がった。

彼女は支えてくれるどころか、両手で僕の肩を押した。僕は仰向けに引っくりかえった。受け身なんて取れるわけがない。

まともに床で後頭部を打ったけど、感じたのは衝撃だけだ。腹の痛みがすべての感覚をブラックホールみたいに飲みこんでいた。

くるみさんが僕を見下ろしている。

彼女は僕の身体の横をまわり、頭の側へ歩いてきた。

助けてくれるのかと思った。

違った。

彼女は僕の頭のさらに先、ドアの側へ移動し、床からなにかを拾いあげた。その動きが辛うじて視界の片隅に入っていた。

そうか、あれは彼女のスマホだ。僕は、自分がいつあれを落としたのかもわからなかった。

くるみさんがまた僕を見下ろす。先ほどとは逆の方向から。

「襲われそうになったって言うから。それはあんたが持ちこんだ」

それってなんだ？　――そう考えた直後、正解に思い至った。

答えあわせのためには、視線をわずかに下げる必要があった。

臍のあたりからナイフの柄が突き出ていた。人狼に支給される代物よりもやや小ぶりに見える。たぶん折りたたみ式だ。

「あんたは最初からあたしに気があった。昨日ふたりきりのときもやばい雰囲気だった。ゲームが終わりそうなんで、しばらくあたしとは会えないと思って、焦って追いかけてきた。あたしは抵抗して、結果的にあんたを刺すことになった。こんな感じ？」

あんまりだ。僕はくるみさんに惹かれたりしない。

琥太郎が証言してくれるだろうか。僕は柚月を、ただ彼女だけを助けようとしていたと。そのために命すら賭けていたと。

彼はしてくれないだろう。そんなことを話せば彼自身が制裁の対象になってしまう。

そもそもそんな証言に、いったいなんの意味があるというのか。

柚月が助かるわけでもないのに。

「こんな場所だし。死体がひとつやふたつ増えたってだれも気にしない。あいつらは処理のやり方を知ってる」

くるみさんは歌うような口調で話している。だれかに語りたくて仕方なかったのかもしれない。自分の成果を誇りたくて仕方なかったのかも。

腹が痛い。熱くも冷たくもない。ただただ痛い。へたくそな歯科医に神経を削られる瞬間が永遠に続く感じ。その痛みが歯ではなく腹の中に存在する感じ。

「なんで……」

「刺したこと？　刺すに決まっててんじゃん」

違う。

「あ、チートしたこと？」

違う。

いや、そうかもしれない。自分でもよくわからない。

「それなら、昨日話したようなことかな。お金のためじゃないよ。新しいことに挑戦したかった、これを続けるのに飽きてた、あいつらを超えられるか試したかった。まあいろいろ」

昨日の時点でヒントはあったのだ。刺激の中毒者であるくるみさん。その彼女と通じていた一ノ瀬も、きっと似たような性向の持ち主なのだろう。ふたりは似た者同士だ。実は姉弟だった、と言われても驚かない。

僕の思考を読んだかのように、彼女が昔語りを始める。

「悠輝と知り合ったのは二年ぐらい前。もともと――」

彼女の身体が唐突に飛んだ。

僕の頭上を越え、僕の足もとに頭から激突しかけて、腕で顔をかばった。すぐに上体を起こし、四つん這《ば》いの状態でさっと振り向く。

僕が動かせるのは首と眼球だけだったけど、その範囲で、目いっぱい上を向いた。

部屋のドアが開いていた。その前に姫菜が立っていた。彼女がくるみさんの背中を蹴飛ばすなり突き飛ばすなりしたらしい。

彼女は無言で僕の真上に屈みこんだ。

僕の腹がまた爆発した。これ以上の痛みはあり得ないと思っていたのに、それどころではない痛みが臍から全身へ、ガラスに亀裂が走るみたいに広がった。

姫菜がナイフを引き抜いていた。刃の先から血がぽたぽたと滴っている。

くるみさんがなにか叫んだ。

姫菜が僕の脇をまわり、部屋の奥へと進んでいく。

くるみさんのほうへ。

姫菜のスカートが僕の視線をさえぎった。

彼女は上体をかがめた。小ぶりな肩が激しく上下する。そのたびにくるみさんの、背筋を凍らせるような声があがった。

すぐにその声が途切れ、鈍い、雪を踏むような音だけが断続的に聞こえるようになった。

姫菜が動きを止めた。

床へ手を伸ばし、なにかを拾い、こちらを振りかえった。

彼女の、服の前面に無数の飛沫《しぶき》が散っていた。赤い飛沫。左手には血のしたたるナイフが握られている。

僕の血、だけではないだろう。きっと。

姫菜の右手には別の物体があった。スマホだ。たったいま床から回収したらしい。

ナイフがぽとりと床に落ちた。

彼女は空いた左手を持ちあげ、また下ろし、スカートの腿《もも》のあたりで指についた血を拭った。あらためて腕を上げ、スマホの表面に指を這わせた。だれかにメッセージを送ったようだ。

だれに、なんと？

頭がうまく働かない。思考の連続性が失われている。

姫菜はなにをしているのか。なぜここにいるのか。なぜくるみさんを殺したのか。

一切の躊躇《ちゅうちょ》もなく。

姫菜はこれからどうなる？

僕はどうなる？

柚月は――。

姫菜が両手をまただらりと脇に垂らした。こんどはスマホが床に落ちた。

目が合った。彼女はいま初めて僕の存在に気づいたような顔をした。

「秦心春。妹なの」

ああそうか。

僕の思考がようやく連続性を取りもどした。

目の前の事実と記憶とが結びついた。かちりと音を立てて。

僕とくるみさんだけじゃない。

姫菜も、たぶん琥太郎も、ひょっとしたら鬼頭も。

みんな関係していたのだ。参加者のひとりと。今回はそういうゲームだったのだ。

僕は隠された監視カメラを目で探した。いまの限られた視野では見つけられなかったけど、でも、僕たちは、どこかからは見られているはずだ。

賭博の対象は、べつにひとつでなくたっていい。

一ノ瀬

午前〇時を過ぎたので、一ノ瀬悠輝はナイフを手に部屋を出た。

廊下は蛍光灯によって煌々《こうこう》と照らされている。これを見ている連中にとっては好都合だろう。より鮮明な映像を楽しめるのだから。

たいした数でないとはいえ、観客の注目を集めている、と思うと良い気分だった。今夜の主役は間違いなく自分だ。

気づくと鼻歌を歌っていた。

すでにくるみからのメッセージは確認済みだった。予想していたよりも受信のタイミングが遅く、少し焦ったが、結局はなにも問題はなかった。

階段を一段一段、踏みしめてのぼった。踊り場で折りかえし、さらにのぼって二階へ。

昨晩はここで澪が殺人を行った。

あれもなかなかクレイジーな女だったよな、と思う。だがそんな澪も、投票で吊られる際は冷静さをかなぐり捨てていた。一ノ瀬の裏切りに驚き、我を忘れ、獣のように襲いかかってきた。

所詮は彼女もほかの連中と変わらなかったということだ。特別な人間などいない。それは自分にも当てはまる。そのことを忘れないようにしなければ、と自戒する。

夏目柚月の部屋の前に立った。

いまいましい用心棒。なにかと一ノ瀬や澪に突っかかり、昨日の朝にいたっては自ら霊媒師を騙った。おかげで一ノ瀬自身は騙れなくなってしまった。それができていれば、勝負はもっとずっと簡単だったはずなのに。

だが、むしろ感謝するべきかもしれない。おかげで澪を吊れ、結果として、一ノ瀬は賞金を独り占めにできる。

ドアのノブを見つめた。

さて、悩みどころだ。

夏目柚月のことは、ぜひかわいがってやりたい。掻きまわしてくれたことへのお仕置きとして。もしくはお礼として。理由はなんだっていい。とにかく、彼女のおびえた表情をたっぷり楽しみたいと思う。

いまここでドアを開けて、時間をかけて切りきざむか。

一ノ瀬は監視カメラの位置を確認した。念のためドアへの距離を一歩ぶん詰めた。これで手元は間違いなくカメラの死角に入っているはずだ。

一ノ瀬は空いた手をポケットに滑りこませ、スマホを抜きだした。ロックはかけていない。腹の前で、指先だけで操作し、メッセージアプリを表示させる。

一瞬だけ目を落とした。これはこれで、見られるか見られないか、というギリギリのスリルがある。

『護衛先は滝快斗』

それだけ書かれていた。

一ノ瀬の裏をかいたつもりだろう。夏目柚月がいかにも守りそうな相手は秦心春、それを見越して一ノ瀬は滝快斗を襲撃するだろう、だからあえて滝を守る、という判断。

単純と言えば単純だが、心春を無防備なまま放置した、という決断はなかなか勇気がある。

ドアノブのほうへ手を伸ばした。

このドアが開いたときの、夏目柚月の顔は見物だろう。かなり惹かれる展開だ。

ただし、翌日の議論は、かなり厳しいものになる。用心棒だ、と自称していた柚月が襲撃された場合、多くの者は彼女は本物だったと考えるはずだ。さんざん彼女から疑われていた自分が「人狼は滝だ」といまから主張して、果たして秦心春を説き伏せられるかどうか。

スマホをポケットの中へ戻した。

護衛先は滝快斗だとわかっている。つまり心春を襲撃すれば確実に成功する。そして、明日は「やはり夏目柚月は用心棒ではなかった」「人狼だった」「苦し紛れにいろいろな役職を騙ってみただけだった」と主張すれば、単純な滝は一も二もなく信じるだろう。

なぜ、わざわざ無用な危険を冒す必要がある？　この段階で。

明日の朝、絶望する夏目柚希の表情を見るのは、それはそれで楽しいかもしれない。最多票を集めた瞬間の表情を見るのも。

「よし」

一ノ瀬は伸ばしていた手を戻した。

身体の向きを九十度変え、廊下を奥へと進みはじめた。ふたつ離れたドアの前で立ちどまる。

おびえた心春の姿を想像する。新鮮味はないが、決して悪くはない。
ノブに指を巻きつけ、力を加えた。
古びた円筒状のノブは数ミリほどまわって、そこで停止した。
もう一度、こんどは強く握り、全力でまわした。
まるで動かない。
構造的な欠陥だろうか。運営側のミスだろうか。
何度も何度も、力ずくでまわそうとしてみた。逆回転も試した。
だが動かない。明らかに鍵がかかっている。
押しても、引いても、びくともしない。
「なんだよこれ」
ノブ自体を引き抜こうとしてみた。無駄だった。
ドアを蹴った。
監視カメラを見上げ、怒鳴りつけた。
「ざけんな。ちゃんとしろよ、運営！」
このドアは開くはずなのだ。開かなくてはおかしい。
護衛先は滝。秦心春は守られていない。
まさか、違うのか。

メッセージの内容が間違っていたのか。

なぜ。

あの女が裏切ったのか。なんらかの理由でほかの運営人にバレてしまったのか。

いや、そんなはずはない。

ナイフを振りあげた。思い切りドアの表面に振りおろした。

刃が木製の板に食いこむ。その衝撃が腕から肩へと伝わってくる。

直後、凶暴な音と共に、首から全身へ、痛みと衝撃が走り抜けた。一瞬で平衡感覚を失う。

気づくと床に頬を押しつける形で倒れていた。息が乱れている。首に鋭い、刺されたような感覚が残っている。電流を、かなりの強さで流されたらしい。

なぜだ。

〝建物や備品を破壊してはいけません〟

あのルールか。

床のリノリウムが不快な感覚と冷たさを伝えてくる。指先がかすかに痙攣している。

さすがに現実を受け入れざるを得なかった。

しくじった。

彼女からの情報は間違っていた。秦心春は守られていた。

このドアは開かない。ゲームには勝てない。

もう終わりだ。

一ノ瀬は身を起こした。うずくまり、監視カメラから背中で手を隠した。

考える前に身体が動いていた。

首輪と首の間にナイフの刃を差しこむ。首輪を切断しようと刃を滑らせ、外側へ一気に力を加えて——。

そのとき、またあの凶暴な音を聞いた。

衝撃と共にのけぞり、視界が暗転した。

あとがき

『人狼ゲーム　デスゲームの運営人』を手にとっていただき誠にありがとうございます。初めまして、またはお久しぶりです、川上亮です。シリーズ前作『～インフェルノ』の刊行からは2年、僕自身が単独で執筆した『～マッドランド』の刊行からは3年近くも間が空いてしまいました（などと書いていますが、本作は完全に独立した作品となっておりますす。シリーズの他作品を読んでいない方も問題なくお楽しみいただけます）。

今回は初めて「運営側」を描いた作品となります。しかもその運営側のひとりが参加者の中に知人を見つける、彼女を勝たせるためにほかの運営人たちをあざむいてゲームの流れを不正に操作しようと奮闘する……という非常にアクロバティックな内容。世の中にいわゆる「デスゲームもの」は数多くあれど、こうしたパターンは珍しいのではないでしょうか。参加者側と運営側、二重構造の頭脳戦をぜひお楽しみください。

本作については「運営側視点」という特徴に加え、もうひとつ新しい試みがあります。これまでのシリーズ作品と同様、また映画化が予定されているのですが、今回は初めて僕自身が制作や演出に深く関わらせていただけることとなりました。

僕は小説執筆とゲームデザイン、ゲームプロデュースの仕事は長年やってきましたが、映像に関わるのは初めてのことです。これまでシリーズを作ってきてくださった熊坂出監督、綾部真弥監督の功績を汚さないよう、そして現場の皆さんにご迷惑をおかけしないよう細心の注意を払いつつ、原作者ならではのこだわりを出していければ良いな、と考えております。公式サイト（http://jinro-game.net/）に随時、情報がアップされていくと思いますので、ぜひ「原作者が映画化にガッツリ関わるとどうなるのか？」をチェックしていただければと思います。

その原作者（僕）ですが、最近は「マーダーミステリー」と呼ばれる推理ゲームにハマっており、これのシナリオを執筆したり、パッケージ版を出したりするだけでは飽き足らず、プレイするための専門店まで開いてしまいました。こちらも絶対におもしろい！と断言できますので、サイト（https://whodoneit.xyz/）を覗いていただければ幸いです。

２０２０年　２月

川上　亮

人狼ゲーム　デスゲームの運営人
２０２０年３月２６日　初版第一刷発行

著……………………………………………………………… 川上亮
イラスト…………………………………………………… 犬倉すみ
協力……………………… アミューズメントメディア総合学院
ブックデザイン…………………………… 渡辺高志（GALOP）
本文ＤＴＰ……………………………………………… ＩＤＲ

発行人…………………………………………………… 後藤明信
発行…………………………………………… 株式会社竹書房
〒102-0072　東京都千代田区飯田橋２－７－３
電話　03-3264-1576（代表）
03-3234-6208（編集）
http://www.takeshobo.co.jp
印刷・製本……………………………… 中央精版印刷株式会社

ISBN978-4-8019-2194-8　C0193
Printed in JAPAN